오즈의 마법사

오즈의 마법사

초판 1쇄 발행 2018년 7월 9일

지은이 L. 프랭크 바움
옮긴이 김옥수
펴낸이 김소연

펴낸곳 비꽃
등록 2013년 7월 18일 제2013-000013호
주소 서울 강북구 삼양로 16길 12-11
이메일 rain__flower@daum.net **전화** 02)6080-7287 **팩스** 070-4118-7287
홈페이지 www.rainflower.co.kr

ISBN 979-11-85393-59-9
     979-11-85393-19-3 (세트번호)

이 도서의 국립중앙도서관 출판시도서목록(CIP)은 서지정보유통지원시스템 홈페이지
(http://seoji.nl.go.kr)와 국가자료공동목록시스템(http://www.nl.go.kr/kolisnet)
에서 이용할 수 있습니다.
(CIP제어번호: CIP2018020334)

값 12,000원

L. 프랭크 바움

오즈의 마법사

김옥수 옮김

비꽃

이 책은 Sterling Publishing Co. 2005년 판본과 구텐베르크 EBook #55를 참조했다.

목 차

들어가는 글

들어가는 글

속담과 전설과 신화와 동화는 오랜 세월에 걸쳐 어린이를 즐겁게 했습니다. 어린이는 현실적인 이야기보다 기상천외하고 불가사의한 이야기를 본능적으로 좋아하니까요. 그래서 그림 형제와 안데르센이 쓴 동화를 보며 많이 행복했지요.

하지만 옛날 동화는 고리타분한 느낌을 지울 수 없어요. 지니와 난쟁이와 요정처럼 판에 박힌 내용은 물론 아이들을 무섭게 해서 '착하게 살아야 한다'는 강박관념을 심어주는 끔찍한 내용까지 모두 배제한 '놀라운 이야기'가 최근에 많이 나왔거든요. 도덕성은 현대 교육에서 충분히 강조하는 만큼 아이들이 이야기책에서 마음에 안 드는 내용을 굳이 읽어야 할 이유는 없어요. 이야기 자체를 마음껏 즐기는 거로 충분하지요.

나는 이런 생각을 마음에 품고, 아이들이 즐겁게 읽는 걸 목표로 '오즈의 마법사'란 이야기를 썼어요. 내 책이 현대 동화에 맞게 놀라움과 즐거움만 가득할 뿐 공포와 슬픔은 어디에도 없으면 좋겠어요.

L. 프랭크 바움
1900년 4월, 시카고에서

1. 회오리바람

　도로시는 캔자스 대평원 한가운데서 농사짓는 헨리 삼촌과 엠 숙모와 함께 살았어. 집은 조그마해. 숲이 멀어서 집 지을 나무를 짐마차로 실어나르는 게 힘들었거든. 벽은 네 개고 바닥과 지붕은 한 개라서 방도 한 칸으로, 살림이라곤 접시를 넣는 찬장과 요리용 녹슨 화로와 식탁과 의자 서너 개와 침대가 전부였어. 헨리 삼촌과 엠 숙모는 한쪽 모서리에서 커다란 침대를 쓰고, 도로시는 반대편 모서리에서 조그만 침대를 썼어. 다락방도 없고 지하실도 없었지. 바닥에 판 조그만 구멍이 전부로, '회오리바람 대피소'라고 부르는데, 엄청난 회오리바람이 불어닥쳐 건물을 모두 날려버릴 것 같을 때면 가족이 대피하는 곳이야. 한가운데 있는 뚜껑을 열면 사다리가 있어, 어둡고 비좁은 구멍으로 내려가는 거야.

　문가에서 둘러보면 어디나 잿빛 평야만 가득했어. 어느 쪽이든, 하

늘 끝자락까지 나무 한 그루 집 한 채 안 보였지. 땅을 애써 갈아놓으면 뙤약볕에 잿빛으로 타들어 가며 바닥이 갈라지기 일쑤야. 풀도 푸르지 않아. 기다란 풀잎도 끝이 햇볕에 타서 주변과 똑같은 잿빛이야. 원래는 건물 외벽에 페인트를 칠했으나, 햇볕에 갈라지고 빗물에 씻겨나가 이제는 다른 것처럼 우중충한 잿빛이고.

엠 숙모는 여기에 살러 올 때만 해도 젊고 예쁜 새댁이었는데, 뙤약볕과 바람에 완전히 뒤바뀌고 말았어. 두 눈은 광채가 사라지면서 어두운 잿빛만 남고, 뺨과 입술은 발그레한 느낌 대신 잿빛이 들어박혔어. 몸은 깡말라서 홀쭉하며 미소는 완전히 사라졌지. 도로시가 부모를 잃고 찾아올 때만 해도 엠 숙모는 도로시가 웃는 소리에 깜짝깜짝 놀라는 건 물론, 흥겨운 목소리로 재잘거릴 때마다 손을 가슴팍에 대서 달래곤 했는데, 지금도 도로시가 웃으면 도대체 웃을 일이 뭐가 있을까 궁금한 표정으로 쳐다보기 일쑤야.

헨리 삼촌도 안 웃는 건 똑같았어. 아침부터 밤까지 힘들게 일하느라 즐거운 걸 몰랐거든. 기다란 수염부터 거친 장화까지 잿빛 일색으로, 얼굴엔 엄숙하고 근엄한 표정만 가득할 뿐 말이라곤 없었지.

도로시가 웃는 이유는, 그래서 주변처럼 잿빛으로 변하는 걸 막아주는 건 토토야. 토토는 잿빛이 아니야. 까맣고 귀여운 강아지로, 기다란 털은 부드럽고 조그만 코는 재미있고 조그만 눈은 양쪽에서 까맣게 반짝거렸어. 온종일 재미있게 놀아, 도로시도 토토와 함께 노는 걸 무척 좋아하고.

하지만 오늘은 함께 놀지 않았어. 헨리 삼촌이 현관 계단에 앉아서 걱정스럽게 바라보는데, 하늘이 평소보다 짙은 잿빛으로 변했거든. 도로시도 토토를 품에 안은 채 문가에 서서 하늘만 쳐다보았어. 엠 숙모는 설거지하고.

북쪽 멀리서 바람이 나지막이 흐느끼고, 기다란 풀잎은 폭풍이 달려오는 느낌에 고개를 숙였어. 쌩쌩 소리가 매섭게 일어나서 남쪽으로 눈길을 돌리니, 풀밭에 가득한 풀이 한 방향으로 굽이치는 거야.

헨리 삼촌이 갑자기 일어나서 숙모에게 소리쳤어.

"회오리바람이 금방 들이닥치겠어, 여보. 가축을 살피고 올게."

그러더니 젖소와 말이 있는 헛간으로 달려갔어.

엠 숙모는 하던 일을 멈추고 문가로 오더니, 눈앞에 닥친 위험을 한눈에 알아채곤 소리쳤지.

"어서, 도로시! 대피소로 뛰어가!"

그런데 토토가 품에서 펄쩍 뛰어내려 침대 밑으로 숨어들어, 도로시가 급히 잡아야 했어. 엠 숙모는 겁에 질린 채 방바닥 뚜껑을 재빨리 열고 사다리를 내려가 조그맣고 어두운 구멍으로 들어가고. 마침내 도로시도 토토를 잡고서 숙모를 황급히 쫓아갔어. 절반쯤 갔을 때, 바람 소리가 매섭게 일면서 건물이 심하게 흔들려, 도로시는 중심을 잃고 바닥에 철퍼덕 주저앉았지. 그러더니 이상한 현상이 일어나는 거야.

건물이 두세 차례 빙글빙글 돌면서 공중으로 천천히 올라갔어. 도로시는 커다란 풍선을 타고 올라가는 느낌이었지.

집이 있던 자리에서 북풍과 남풍이 마주치며 회오리바람이 일어난 거야. 회오리바람 중심은 대체로 고요하지만, 바람이 엄청난 압력으로 집 전체를 높이, 더 높이 들어 올리더니, 마침내 회오리바람 꼭대기에 가만히 얹어서 깃털처럼 가볍게 멀리멀리 날려 보냈어.

주변은 무척 어둡고 바람은 끔찍하게 울부짖어도, 도로시는 공중을 나는 게 편안했어. 처음에는 집이 빙글빙글 돌기도 하고 한 차례 심하게 기울기도 했지만, 다음부터는 아기가 누운 요람처럼 부드럽게 흔들리는 정도였거든.

토토는 마음에 안 드는지 이리저리 뛰어다니면서 커다랗게 짖어대지만, 도로시는 방바닥에 가만히 앉아서 앞으로 어떤 일이 일어날지 기다렸어.

한번은 토토가 열린 뚜껑으로 다가가다 떨어져서 도로시는 토토를

잃어버렸다고 생각했어. 하지만 한쪽 귀가 구멍에서 삐져나온 걸 곧바로 발견했어. 공기 압력이 강하게 받쳐주어 밑으로 안 떨어진 거야. 도로시는 살금살금 기어가, 토토 귀를 붙잡고 끌어올린 다음, 그런 사고가 두 번 다시 안 일어나도록 뚜껑을 닫았어.

시간이 흐르고 또 흐르는 사이에 도로시는 두려움을 이겨냈어. 하지만 정말 외로운 데다 바람은 사방에서 귀가 먹먹할 정도로 무섭게 울부짖었어. 처음에는 집이 바닥으로 떨어져서 몸뚱이가 갈가리 찢기는 건 아닌가 걱정스러웠지. 하지만 시간이 마냥 흘러도 끔찍한 사태는 일어날 것 같지 않아, 도로시는 걱정을 접고, 앞으로 어떤 일이 일어날지 차분히 기다리기로 마음먹었어. 그리곤 흔들리는 방바닥을 기어서 침대로 다가가, 가만히 누웠지. 그러자 토토도 쫓아와서 바로 옆에

눕는 거야.

집이 흔들리고 바람이 울부짖어도 도로시는 눈을 감자마자 깊은
잠에 빠져들었지.

2. 먼치킨을 만나다

　도로시는 뭔지 모를 충격에 갑자기 깨어났어. 충격이 너무 거대하고 갑작스러웠거든. 행여나 부드러운 침대에 안 누웠더라면 다칠 수도 있었어. 너무나 커다란 충격에 도로시는 숨을 헐떡이면서도 무슨 일이 일어났는지 궁금했어. 토토 역시 차갑고 조그만 코를 도로시 얼굴에 들이밀며 낑낑거리고. 도로시는 일어나 앉아, 집이 날지도 않고 어둡지도 않다는 사실을 깨달았어. 창문으로 햇살이 환하게 밀려들어 조그만

방에 가득했거든. 도로시는 침대에서 펄쩍 뛰어내려, 토토가 쫓아오는 가운데, 열심히 뛰어가서 현관문을 활짝 열었어. 그래서 탄성을 내지르며 둘러보는데, 너무나 놀라운 풍경에 두 눈이 동그랬어.

회오리바람이 놀라울 정도로 아름다운 곳에 집을 내려놓은 거야. 푸르른 잔디는 사방으로 쭉쭉 뻗어 아름답고, 웅장하게 자란 나무마다 맛있는 과일이 풍성하게 매달렸어. 꽃은 사방에서 눈부실 정도로 아름답게 피어나고, 나무와 덤불에서는 아름다운 새들이 화려한 깃털을 퍼드덕거리며 황홀하게 노래하고, 약간 떨어진 곳에서는 녹색 둑 사이로 조그만 개울이 조잘조잘 시원하게 흐르며 햇살을 반짝이는데 메마른 잿빛 평야에서 살던 여자애라면 누구나 좋아할 수밖에 없는 소리였지.

도로시는 낯설고 아름다운 풍경을 정신없이 바라보다 이상한 사람들이 다가오는 걸 알아챘어. 생전 처음 보는 사람들이야. 도로시가 알고 지내던 어른만큼 커다랗지도 않고, 그렇다고 아주 조그만 것도 아니야. 도로시는 어린애치고 커다란 편인데, 그들은 키가 도로시랑 비슷하긴 해도 겉모습은 나이가 훨씬 많은 것 같았어.

남자 셋과 여자 하나로, 옷차림이 하나같이 이상해. 머리에 쓴 동그란 모자는 한 뼘 높이나 올라가다 한 점으로 모이고, 챙에는 조그만 종을 동그랗게 달아서 움직일 때마다 예쁘게 딸랑거렸어. 남자가 쓴 모자는 파랗고 여자가 쓴 모자는 하얬어. 몸에 걸친 드레스도 하얀데, 어깨엔 주름까지 잡았어. 그 위로 조그만 별을 여럿 달아서 햇살을 받아 다이아몬드처럼 반짝거리고.

남자 셋은 모자와 마찬가지로 파란 옷을 입고, 장화 역시 새파란 색으로 끝을 동그랗게 말아서 반짝반짝 닦았어. 도로시가 보기에 남자 셋은 헨리 삼촌과 비슷한 나이 같았어. 두 사람은 수염까지 기르고.

하지만 조그만 여자는 나이가 훨씬 많은 게 분명해. 얼굴에는 주름이 가득하고 머리는 하얗게 세고 걸음걸이는 뻣뻣했거든.

네 사람은 도로시가 있는 집 문가로 다가오다 잠시 멈춰서 자기네끼리 속닥거렸어. 더 가까이 다가오는 게 두려운 것처럼. 하지만 나이 많고 조그만 여자가 도로시에게 다가와서 허리를 숙이며 인사한 다음, 듣기 좋은 목소리로 말했어.

"먼치킨 나라에 온 걸 환영합니다, 누구보다 고귀한 마법사님. 동쪽 나라 나쁜 마녀를 죽이고 우리 백성을 굴레에서 풀어주셔서 정말 고맙습니다."

도로시는 이 말을 듣고 깜짝 놀랐어. 조그만 여자가 마법사라고 부르면서 동쪽 나라 나쁜 마녀를 죽였다고 말하는 이유는 도대체 무얼까? 자신은 아는 것도 없고 누굴 해칠 수도 없는, 회오리바람에 실려서 멀리 날아온 꼬마 여자애가 아닌가? 지금까지 누굴 죽인 적이 한 번도 없는?

하지만 조그만 여자는 대답을 기다리는 게 분명해, 도로시는 주저주저하며 말했어.

"정말 친절하신데, 뭔가 잘못 아신 것 같네요. 저는 지금까지 누굴 죽인 적이 없답니다."

그러자 조그맣고 나이 많은 여자가 커다랗게 웃으면서 대답했어.

"마법사님 집이 그랬으니 어차피 그게 그거랍니다. 보세요!"

조그만 여자가 집 한쪽 모서리를 가리키며 이어나갔어.

"저기에 나쁜 마녀 발 두 개가 있잖아요, 건물에 깔려서 삐져나온."

도로시는 그쪽을 보고 겁에 질려서 비명을 살짝 내뱉었어. 진짜로, 집 한쪽 커다란 벽 밑으로 발 두 개가 삐져나왔는데, 끝이 뾰족한 은 구두까지 신었어. 도로시는 깜짝 놀라서 두 손을 마주 잡으며 한탄했지.

"아, 맙소사! 아, 맙소사! 집이 저 사람한테 떨어진 게 분명해요.
어쩌면 좋죠?"

"어쩌긴 뭘 어째요."

조그만 여자가 차분하게 말해서 도로시는 다시 물었어.

"저 여자는 누구죠?"

"저 여자는 동쪽 나라 나쁜 마녀예요, 아까 말한 대로 우리 먼치킨
한테 굴레를 씌워서 낮이고 밤이고 노예처럼 부려먹었답니다. 그런데
이제 모두 풀려나서 마법사님 은혜에 감사드리는 거예요."

"먼치킨은 뭔가요?"

"나쁜 마녀가 다스리던 여기 동쪽 나라 백성이요."

"할머니도 먼치킨인가요?"

"아니에요, 나는 친구랍니다. 북쪽 나라에서 살아요. 나쁜 마녀가 죽은 걸 보고 먼치킨이 사람을 급히 보내, 단번에 달려왔답니다. 나는 북쪽 마녀예요."

"맙소사! 진짜 마녀세요?"

도로시가 깜짝 놀라며 묻자, 조그만 여자가 대답했어.

"네, 정말로. 하지만 나는 좋은 마녀고, 그래서 사람들이 좋아해요. 나는 이곳을 다스린 나쁜 마녀보다 힘이 떨어져요. 그렇지 않다면 내가 이곳 사람들을 풀어주었겠지요."

"마녀는 누구나 나쁜 줄 알았어요."

도로시가 말했어. 앞에 진짜 마녀가 있다는 게 살짝 무서웠지.

"아, 아니에요, 그건 잘못 안 거예요. 오즈 나라 전역에 마녀는 딱 네 명이 있는데, 북쪽과 남쪽에 사는 마녀 두 명은 착한 마녀예요. 이 말은 조금도 틀림없는 사실이란 걸 내가 잘 알아요. 그중 하나가 바로 나거든요. 동쪽과 서쪽에 사는 마녀는 정말 나쁜 마녀예요. 그런데 당신이 한 명을 막 죽였으니까 이제 오즈 나라 전역에 나쁜 마녀는 한 명이군요, 서쪽에 사는 마녀."

마녀가 하는 말에 도로시는 가만히 생각하다 말했어.

"하지만 엠 숙모가 마녀는 오래전에 모두 죽었다고 했어요."

"엠 숙모가 누군가요?"

"캔자스에 사는 숙모요, 나는 거기에서 왔답니다."

북쪽 마녀는 고개를 숙여서 땅바닥을 내려다보며 잠시 생각하는 것 같았어. 그러더니 고개를 들며 말했지.

"나는 캔자스가 어딘지 몰라요. 그런 지명은 한 번도 못 들었거든요. 근데, 그곳은 문명국인가요?"

"당연하지요."

"그렇다면 알 것 같아요. 내가 알기로 문명국에는 마녀도 마법사도 마술사도 모두 사라졌거든요. 하지만 오즈 나라는 문명국이 아니에요. 다른 세상이랑 완전히 동떨어졌어요. 그래서 마녀와 마법사가 아직도 있어요."

"마법사는 누군가요?"

도로시가 묻자, 마녀가 목소리를 낮추며 대답했어.

"오즈님이 위대한 마법사랍니다. 우리 모두를 합친 것보다 강력하지요. 에메랄드 도시에 살아요."

도로시가 다시 물으려는 순간, 옆에 있던 먼치킨이 나쁜 마녀가 깔린 모서리를 가리키며 깜짝 놀랐어.

"왜 그래?"

마녀가 물으며 쳐다보더니, 곧바로 웃었어. 죽은 마녀 두 발이 사라지고 은 구두만 남았거든. 이윽고 북쪽 마녀가 설명했어.

"너무 늙어서 햇살을 받자마자 순식간에 쪼그라들었군요. 이제 완전히 끝난 거지요. 하지만 은 구두는 아가씨 것이니 아가씨가 신도록 하세요."

마녀는 허리를 숙여서 은 구두를 집어, 흙을 모두 털어낸 다음에 도로시에게 건넸어. 그러자 먼치킨 한 명이 말했지.

"동쪽 마녀는 저 은 구두를 늘 자랑했답니다. 구두에 마법이 담겼다는데, 어떤 마법인지 우리는 모른답니다."

도로시는 은 구두를 집 안으로 가

져가서 식탁에 놓았어. 그리곤 다시 나와서 먼치킨에게 말했지.

"나는 삼촌과 숙모한테 돌아가고 싶어요. 걱정하실 거예요. 돌아갈 길을 알려주실 수 있나요?"

먼치킨과 마녀는 서로를 쳐다보다 도로시를 쳐다보면서 머리를 절레절레 저었어. 그러다 한 명이 말했지.

"동쪽에, 여기에서 멀지 않은 곳에, 거대한 사막이 있어요. 살아서 건너간 사람은 아무도 없답니다."

다른 먼치킨도 말했어.

"남쪽도 똑같아요. 내가 직접 보았거든요. 남쪽은 쿼들링 나라예요."

세 번째 먼치킨도 말했어.

"서쪽도 똑같다고 들었습니다. 그 나라엔 윙키가 사는데, 서쪽 나라 나쁜 마녀가 다스려요. 그곳으로 간다면 서쪽 마녀가 아가씨를 노예로 삼을 거예요."

늙은 마녀도 말했어.

"북쪽은 내가 사는데, 거대한 사막이 에워싼 건 똑같답니다. 안 됐지만 아가씨는 우리랑 살아야 해요."

도로시는 이 말을 듣고서 엉엉 울었어. 아는 사람이 하나도 없어서 외로운 느낌만 가득했거든. 엉엉 우는 모습에 인정 많은 먼치킨도 슬픈지, 곧바로 손수건을 꺼내서 함께 엉엉 울었어. 그러자 늙은 마녀가 모자를 벗어서 코끝에 걸치더니, 엄숙한 목소리로 "하나, 둘, 셋" 하고 중얼댄 거야. 그러자 모자가 석판으로 변하면서 분필로 쓴 커다란 글씨가 나타났어.

'도로시를 에메랄드 도시로 보내라.'

늙은 마녀는 코에서 석판을 들어내, 거기에 적힌 글씨를 읽고서
물었어.

"이름이 도로시인가요, 아가씨?"

"네."

도로시가 대답하고 고개를 들어서 눈물을 닦았어.

"그렇다면 에메랄드 도시로 가세요. 오즈가 도와줄 거예요."

"그 도시는 어디에 있는데요?"

"이 나라 한가운데에 있는데, 아까 말한 위대한 마법사 오즈가 다스
린답니다."

"좋은 사람인가요?"

도로시가 묻는데, 불안한 어투였어.

"좋은 마법사예요. 사람인지 아닌지는 몰라요, 직접 본 적이 없어서."

"어떻게 가나요?"

"걸어야 해요, 오랫동안, 상쾌한 곳도 지나고 어둡고 끔찍한 곳도
지나면서. 하지만 여행을 무사히 마치도록, 내가 아는 마법을 모두
동원할게요."

"저랑 함께 가면 안 되나요?"

도로시가 애원했어. 어느새 늙은 마녀에게 의지하는 마음이 생긴
거야. 하지만 늙은 마녀는 이렇게 대답했어.

"안 돼요, 그럴 순 없어요. 하지만 내가 아가씨한테 뽀뽀할게요.
북쪽 마녀가 뽀뽀한 사람은 누구도 해칠 수 없답니다."

그리곤 바짝 다가와서 이마에 다정하게 뽀뽀하고, 도로시는 마녀
입술이 닿은 곳에 동그란 자국이 생겨서 반짝이는 걸 깨달았어.

"에메랄드 도시로 가는 길은 노란 벽돌이 쭉 깔려서 헤맬 염려가 없어요. 오즈를 만나면 겁내지 말고 사정을 말한 다음, 도와달라고 하세요. 잘 가요, 아가씨."

마녀가 말하자, 먼치킨 세 명은 고개 숙여 인사하며 즐거운 여행이 되길 빌어주곤 숲으로 들어가서 사라졌어. 마녀도 도로시에게 고개를 다정하게 끄덕이곤, 왼쪽 발꿈치를 땅에 대고 빙그르르 세 바퀴 돌더니 곧바로 사라지고. 그 모습에 토토는 너무 놀라서 마녀가 사라진 쪽으로 마구 짖어댔지. 마녀가 있을 때는 너무 무서워서 으르렁댈 수 없었거든.

하지만 도로시는 마녀라면 당연히 그런 식으로 사라질 거로 예상한 터라 조금도 놀라지 않았어.

3. 도로시가 허수아비를 구하다

　도로시는 혼자 남자 배가 고픈 걸 느꼈어. 그래서 찬장으로 가, 빵을 자르고 버터를 발랐어. 그리곤 토토에게 일부 떼어주고 선반에서 들통을 꺼내 조그만 개울로 가서 맑게 반짝이는 물을 가득 담았어. 토토는 나무로 달려가서 가지에 앉은 새들에게 짖어대고. 도로시는 토토를 데리러 갔다가 나뭇가지에 맛나게 맺힌 과일을 보고 몇 개 땄어. 아침 식사로 먹으면 정말 좋을 것 같았거든.

　도로시는 집으로 다시 돌아와서 토토와 함께 맑고 시원한 물을 마음껏 들이켠 다음, 에메랄드 도시로 떠날 채비를 갖췄어.

　입은 옷 말고 여벌이 한 벌밖에 없는데, 다행히도 깨끗한 상태로 침대 옆에 걸린 거야. 하얀색과 파란색 체크무늬 무명치마로, 많이 빨아서 파란색이 바래긴 해도 예쁜 건 여전했어. 도로시는 깨끗하게 목욕한 다음, 무명치마로 깨끗하게 갈아입고 햇볕을 막는 분홍색 모자를 머리에 쓰고 끈을 맸어. 그리곤 조그만 바구니를 꺼내, 찬장에 있는 빵을 가득 담아서 하얀 천으로 덮었지. 그런데 두 발을 내려다보니, 신발이 낡다 못해 다 닳은 거야.

"이 신발로는 먼 길을 못 갈 게 분명해, 토토."

도로시가 말하자, 토토는 무슨 말인지 안다는 듯 까맣고 조그만 눈으로 쳐다보며 꼬리를 흔들었어. 바로 그 순간, 도로시는 식탁에 있는 동쪽 마녀 구두를 보고 토토에게 말했어.

"내 발에 맞을지 궁금해. 저 신발은 안 닳을 테니 먼 길을 가는데 적당하겠어."

낡은 가죽 신발을 벗고 은 구두를 신는데, 직접 맞춘 것처럼 딱 맞는 거야. 그래서 도로시는 바구니를 들며 말했지.

"따라와, 토토. 에메랄드 도시로 가서 위대한 마법사 오즈한테 캔자스로 돌아가는 방법을 물어보자."

도로시는 현관문을 닫고 자물쇠를 채우고 열쇠를 치마 주머니에 조심스레 넣었어. 그래서 먼 길을 나서고, 토토는 뒤에서 열심히 쫓아왔지.

근처에 길은 여럿이지만, 노란 벽돌이 깔린 길을 찾는 데는 오래 걸리지 않았어. 그래서 에메랄드 도시 쪽으로 기분 좋게 나아가고, 은 구두는 노랗게 깔린 단단한 벽돌을 디딜 때마다 챙챙 소리를 흥겹게 뱉어냈어. 햇살은 환하게 반짝이고 새들은 아름답게 노래해, 도로시는 회오리바람에 휩쓸려 갑자기 이상한

나라로 내려온 여자애치고 기분이 꽤 상쾌한 편이었지.

　길을 가는 동안에는 아름다운 풍경이 사방에 가득해서 깜짝 놀랐어. 도로 양쪽으로 울타리를 깔끔하게 쳐서 파란색을 예쁘게 칠하고, 그 너머로 채소와 곡식이 풍성하게 자랐거든. 먼치킨은 농사 실력이 좋아서 농산물을 풍성하게 수확하는 게 분명했어. 농가도 가끔 지나치는데, 그럴 때마다 사람들이 나와서 쳐다보고 허리를 나지막이 숙이며 인사했어. 도로시가 나쁜 마녀를 죽이고 자신들을 굴레에서 풀어준 걸 누구나 알았던 거야. 먼치킨이 사는 농가는 모양이 이상했어. 하나같이 동그랗게 지어서 지붕을 동그랗게 얹은 거야. 그래서 파랗게 칠했는데, 동쪽 나라에서는 파란색을 가장 좋아하기 때문이야.

　해가 떨어질 즈음, 오랫동안 걷느라 지친 데다 하룻밤을 어디에서 보낼까 걱정스러워, 도로시는 유난히 커다란 농가로 다가갔어. 농가 앞 녹색 잔디에서 남자와 여자가 잔뜩 모여 춤추는데, 조그만 사람 다섯 명은 바이올린을 최대한 커다랗게 연주하고, 나머지는 마음껏 웃으며 노래하고, 커다란 식탁에는 과일과 호두와 파이와 케이크를 비롯해 맛난 음식이 가득했거든.

　사람들은 도로시를 다정하게 맞이하더니, 저녁 식사를 실컷 먹고 하룻밤 묵도록 권했어. 먼치킨 나라에서 손꼽는 부잣집인 데다 친구를 잔뜩 모아놓고 나쁜 마녀라는 굴레에서 벗어난 걸 축하하는 중이었거든.

　도로시는 저녁을 맛나게 먹고, 최고 부자

먼치킨은 옆에서 시중드는데, 이름이 보크였어. 도로시는 식사를 마치고 편한 의자에 앉아서 사람들이 춤추는 걸 구경하는데, 보크가 은 구두를 알아보고 말했어.

"당신은 위대한 마법사가 분명합니다."

"왜요?"

"은 구두를 신은 데다 나쁜 마녀까지 죽였으니까요. 게다가 하얀 치마를 입었는데, 하얀 옷은 마녀와 마법사만 입거든요."

"내가 입은 건 파란색과 하얀색 체크무늬에요."

도로시가 대답하며 주름을 반듯하게 펴자, 보크가 다시 말했어.

"그렇게 입으시다니, 정말 친절하세요. 파란색은 먼치킨 색상이고 하얀색은 마녀 색상이거든요. 아가씨는 우리한테 좋은 마녀가 분명하군요."

도로시는 이 말에 뭐라고 대답할지 몰랐어. 모든 사람이 마녀로 여기는 것 같은데, 자신은 지극히 평범한 여자애라는 사실을, 회오리바람에 실려서 이상한 나라로 우연히 날아온 것에 불과하다는 사실을 너무나 잘 알거든.

이윽고 도로시가 춤 구경에 지치자, 보크는 집 안으로 안내해서 침대가 예쁜 방을 내주었어. 침대보는 파란 천으로 만들고, 도로시는 거기서 아침까지 곤하게 자고, 토토는 바로 옆 파란 양탄자에 똬리를 틀었지.

도로시는 아침을 배불리 먹고, 먼치킨 아기가 토토와 노느라 꼬리를 당기면서 까르륵 웃는 모습을 재미있게 지켜보았어. 모든 사람이 토토를 흥미롭게 바라보는 눈치야. 지금까지 강아지를 본 적이 없었거든.

"에메랄드 도시는 여기에서 얼마나 먼가요?"

도로시가 묻는 말에 보크는 진지하게 대답했어.

"나도 모릅니다. 거기까지 간 적이 없거든요. 누구든 오즈 근처로 안 가는 게 좋답니다, 볼 일이 특별히 없는 한. 어쨌든 에메랄드 도시까지 가는 길은 아주 멉니다. 며칠은 걸어야 하니까요. 여기는 풍요롭고 상쾌하지만, 목적지까지 가려면 거칠고 위험한 곳을 여럿 지나야 한답니다."

이 말을 듣고서 살짝 걱정스러웠지만, 캔자스로 돌아가도록 도울 사람이 위대한 마법사 오즈밖에 없다는 걸 알기에, 도로시는 물러서지 않겠다고 용감하게 결심했어. 먼치킨 친구들과 작별하고 노란 벽돌이 깔린 길을 다시 나아갔지.

몇 킬로미터를 간 다음에는 잠시 쉴 생각으로 길옆 울타리에 올라서 꼭대기에 앉았어. 울타리 너머로 옥수수밭이 엄청나게 커다란데, 멀지 않은 곳에서 허수아비가 높은 장대에 매달린 채 새들이 옥수수에 달려드는 걸 막는 거야.

도로시는 한 손에 턱을 괴고 허수아비를 바라보며 깊은 생각에 잠겼지. 조그만 자루에 지푸라기를 잔뜩 채워서 머리를 만들고 두 눈과 코와 입을 그려서 얼굴을 표시했어. 파란색 낡고 뾰족한 모자는 예전에 먼치킨이 쓰던 게 분명하고, 파란 옷은 다 낡아서 색까지 바랬는데, 마찬가지로 지푸라기를 가득 채우고. 두 발에 신은 장화는 이곳 사람 누구나 그런 것처럼 코가 파랗긴 해도 엄청 낡고, 몸뚱이는 등에 장대를 찔러서 옥수수 대 위로 쑥 올라왔어.

도로시는 이상하게 칠한 허수아비 얼굴을 가만히 바라보다, 눈 한쪽을 천천히 감으며 윙크하는 모습에 깜짝 놀랐어. 처음에는 잘못 본 게 분명하다고 여겼지. 캔자스에서는 어떤 허수아비도 윙크하지 않거든. 하지만 허수아비가 곧이어 고개를 다정하게 끄덕이는 거야! 도로시는 울타리를 넘어서 가까이 다가가고, 토토는 장대를 맴돌며 마구 짖어댔어.

"안녕."

허수아비가 말하는데, 목소리가 깔깔했어.

"말도 하니?"

도로시가 물었어, 깜짝 놀라서.

"당연하지. 잘 지내니?"

"그래, 잘 지내. 고마워. 너도 잘 지내니?"

도로시가 예의 바르게 인사하자, 허수아비는 빙그레 웃으며 대답했어.

"잘 지내는 편은 아니야. 밤이고 낮이고 틀어박혀서 참새나 쫓는 게 정말 따분하거든."

"내려올 순 없니?"

"응, 등에 장대를 끼웠거든. 네가 장대에서 빼준다면 나로선 더없이 고맙겠어."

도로시는 두 팔을 올려서 허수아비를 빼냈어. 지푸라기만 가득 채워서 정말 가벼웠거든. 그래서 땅바닥에 내려놓자, 허수아비가 말하는 거야.

"고마워. 새로 태어난 기분이야."

하지만 도로시는 어리둥절했어. 지푸라기만 가득 채운 사내가 말하는 모습도, 허리를 숙이며 인사하고 바로 옆에서 나란히 걷는 모습도 정말 신기했거든.

허수아비는 기지개를 켜고 늘어지게 하품하더니, 이렇게 물었어.

"너는 누구니? 어디로 가는 거니?"

"나는 도로시야. 에메랄드 도시로 가는 중이고, 위대한 오즈를 만나서 캔자스로 돌려보내라 부탁하려고."

"에메랄드 도시는 어딘데? 오즈는 누군데?"

허수아비가 묻자, 도로시는 깜짝 놀라며 되물었어.

"맙소사, 그것도 모르니?"

"응, 몰라. 나는 아무것도 몰라. 너도 알다시피 나는 지푸라기만 가득할 뿐 두뇌가 없거든."

구슬픈 대답에 도로시는 마음이 아팠어.

"아, 정말 안 됐구나."

"너랑 에메랄드 도시로 가면 오즈가 나한테 두뇌를 주지 않을까?"

"모르겠어. 하지만 나랑 가는 건 괜찮아, 그러고 싶으면. 오즈가 두뇌를 안 준다 해도 너로선 손해 볼 것도 없으니까."

"맞아."

허수아비가 대답하더니, 자신만만한 어투로 덧붙였어.

"두 다리랑 두 팔이랑 몸뚱이는 지푸라기만 가득해도 괜찮아, 다치질 않으니까. 누가 발가락을 밟아도 꼬챙이로 찔러도 나는 아무렇지 않거든, 통증을 못 느끼니. 하지만 사람들이 '바보'라고 부르는 건 싫어. 너처럼 머리에 두뇌가 있는 대신 지푸라기만 가득하다면 내가 앞으로 무얼 제대로 알 수 있겠니?"

도로시는 마음이 너무 아파서 이렇게 달랬어.

"네가 어떤 기분인지 알 것 같아. 함께 간다면 오즈한테 너를 도와달라고 부탁할게."

"고마워."

허수아비는 정말 좋아했어. 그래서 도로시는 허수아비가 울타리를 넘도록 돕고, 둘은 에메랄드 도시로 깔린 노란 벽돌 길을 따라 꾸준히 나아갔어.

토토는 새 일행이 처음에 마음에 안 들었어. 지푸라기만 가득 채운 사내를 맴돌며 냄새를 킁킁대다 툭하면 사납게 으르렁대는 게, 행여나 지푸라기 속에 생쥐가 있는 건 아닐까 의심하는 것 같았거든. 그래서 도로시가 새 친구에게 말했어.

"토토는 신경 쓰지 마. 절대로 안 무니까."

"괜찮아. 토토는 지푸라기를 해칠 수 없거든. 바구니는 내가 들어줄게. 나는 그래도 괜찮아. 지치지 않거든. 내가 비밀을 하나 알려줄까?"

허수아비가 말하더니, 계속 걸으며 덧붙였어.

"내가 두려워하는 건 세상에 딱 하나밖에 없어."

"그게 뭔데? 너를 만든 먼치킨 농부?"

"아니, 불붙인 성냥."

4. 숲길

    서너 시간이 지나면서 길은 험하게 변하고 걷는 건 그만큼 힘들어, 허수아비는 노란 벽돌에 툭하면 걸려서 넘어졌어. 벽돌이 고르지 않았거든. 벽돌이 깨지거나 완전히 사라져서 구멍이 생긴 곳마다 토토는 펄쩍 뛰고 도로시는 돌아갔어. 하지만 허수아비는 두뇌가 없어서 곧장 걷다 발이 빠지면서 딱딱한 벽돌로 그대로 넘어지는 거야. 하지만 한 번도 안 다쳐, 도로시는 매번 빼내서 똑바로 세워주고, 허수아비는 매번 흥겹게 웃으며 불행을 털어내고 다시 걸었지.

    이곳은 아까 지나온 농장만큼 농사를 잘 짓지 않았어. 농가도 거의 없고 과실나무도 거의 없고, 풍경은 앞으로 나아갈수록 황량하고 쓸쓸하게 변했지.

    정오에 일행은 조그만 개울 근처에 앉고, 도로시는 바구니에서 빵을 꺼냈어. 일부를 잘라서 건넸지만, 허수아비는 사양하며 말했지.

"나는 배가 절대로 안 고파. 나한텐 행운이야. 물감으로 입을 그렸는데, 행여나 음식을 먹도록 칼로 잘라서 구멍 낸다면 지푸라기가 나와서 얼굴을 엉망진창으로 만들 테니까."

도로시는 정말 그렇다는 사실을 한눈에 깨닫고서 고개를 끄덕이곤 빵을 혼자 먹었어. 식사를 마치자, 허수아비가 말했지.

"네가 살던 곳이랑 너에 관한 이야기를 해줘."

도로시는 캔자스에 대해, 그곳이 얼마나 잿빛인지, 회오리바람이 갑자기 불어닥쳐 이상한 오즈 나라까지 어떻게 왔는지 말했어. 허수아비는 열심히 듣다가 말했지.

"그런데도 이렇게 아름다운 나라를 떠나, 캔자스처럼 잿빛만 황량한 곳으로 돌아가려는 이유를 도무지 모르겠군."

"그건 너한테 두뇌가 없기 때문이야. 우리처럼 살과 피로 이루어진 인간은 다른 나라가 아무리 아름답더라도 자기가 살던 나라를 좋아하는 법이야, 잿빛만 황량하더라도. 집만큼 좋은 곳은 어디에도 없거든."

도로시가 말하자, 허수아비는 한숨을 내쉬며 대답했어.

"물론 나는 당연히 이해할 수 없겠지. 너희도 나처럼 머리에 지푸라기만 가득하면 하나같이 아름다운 곳에 살 테고, 그러면 캔자스엔 사람이 하나도 없을 테니까. 너희한테 두뇌가 있다는 게 캔자스로서는 천만다행이야."

"이제 네 이야기를 해줄래, 우리가 쉬는 동안?"

도로시가 묻자, 허수아비는 못마땅한 표정으로 바라보다 대답했어.

"나는 태어난 지 얼마 안 돼서 아는 게 없어. 불과 이틀 전에 태어났거든. 그 전에 일어난 일은 조금도 몰라. 다행히, 농부가 머리를 만들 때 귀부터 그려서 당시 상황은 들었어. 옆에 다른 먼치킨이 있었는지, 제일 먼저 들린 건 농부가 '어때, 귀를 제대로 그렸나?' 하고 묻는 소리였어. 그러자 옆에 있던 먼치킨이 '또렷하지 않아'라고 대답했지. 농부는 '괜찮아, 그래도 귀는 귀니까' 하고 말했는데, 맞는 말이야.

농부는 '이제 눈을 그려야겠어'라고 말하더니, 오른 눈을 그렸어. 그와 동시에 나는 바로 앞에 있는 농부랑 주변을 흥미진진하게 바라보았지. 세상이 눈앞에 나타난 건 처음이거든.

'눈이 참 예쁘군. 파란색이 딱 맞아.'

농부를 바라보던 동료가 말하자, 농부는 이렇게 대답했어.

'왼 눈은 조금 커다랗게 그리는 게 좋겠어.'

그래서 두 번째 눈을 다 그리자 주변이 훨씬 잘 보였어. 그런 다음에 농부는 코와 입도 그렸지. 하지만 나는 말할 수 없었어. 당시만 해도 입을 어디에 쓰는 건지 몰랐거든. 농부가 동료와 함께 내 몸뚱이랑 두 팔이랑 두 다리까지 만드는 모습을 나는 재미있게 지켜보았어. 머리를 올려서 단단히 붙일 때는 정말 자랑스러웠지. 나도 똑같은 사람이 된 줄 알았거든. 농부가 '이놈이 까마귀 떼를 잘 쫓아낼 거야. 진짜 사람처럼 보이잖아' 하고 말하니까, 동료도 '무슨 말이야, 진짜 사람인데'라 말하고, 내 생각도 똑같았거든. 그런데 농부는 나를 겨드랑이에 끼우고 옥수수밭으로 가더니, 높다란 장대에 끼워서 세워놓는 거야, 네가 나를 처음 본 곳에. 그리곤 나만 남겨두고 동료와 함께 떠났어.

나는 버림받는 게 싫었어. 그래서 두 사람을 쫓아가려고 했어. 그런데 두 발이 땅바닥에 안 닿아서 장대에 낀 채 그대로 있을 수밖에 없었지. 산다는 게 정말 외로웠어. 방금 생겨난 터라 생각할 게 하나도 없었거든.

까마귀도 다른 새도 옥수수밭으로 수없이 날아들다가 나를 보자마자 멀리 도망쳤어, 내가 먼치킨인 줄 알고. 나는 정말 기뻤어. 내가 정말 중요한 사람인 것 같았거든. 그런데 늙은 까마귀 한 마리가 조금

씩 다가오더니, 조심스레 살피다 내 어깨에 홱 틀고 앉아서 말하는
거야.

'이런 장난질에 속을 거로 생각했다니 농부도 어리석군. 사리를 분별
하는 까마귀라면 여기에 지푸라기만 가득하다는 걸 금방 안다고.'

그러더니 내 발밑에서 폴짝폴짝 뛰어다니며 옥수수 알갱이를 마음
껏 먹는 거야. 다른 새들도 늙은 까마귀가 아무렇지 않은 걸 보고
똑같이 다가와서 옥수수 알갱이를 먹기 시작하더니, 얼마 후에는 주변
이 새 떼로 가득했지.

나는 그걸 보고 정말 슬펐어. 내가 좋은 허수아비는 아니란 사실이
드러났잖아. 하지만 늙은 까마귀는 나를 달래며 말했어.

'너는 머리에 두뇌만 있다면 진짜 인간이, 웬만한 인간보다 훌륭한
인간이 될 수 있어. 까마귀든 인간이든 세상에서 가장 중요한 건 바로

두뇌라고.'

까마귀 떼가 날아간 다음부터 나는 이 말을 곰곰이 생각하고 또 하다, 어떻게 해서라도 두뇌를 구하고 말겠다고 결심했어. 그런데 다행히도 네가 나타나서 나를 장대에서 꺼내준 거야. 네 말을 듣고서 에메랄드 도시에 찾아가면 위대한 오즈가 두뇌를 줄 거란 확신도 생기고."

"그러면 정말 좋겠다, 두뇌를 꼭 구하고 싶은 것 같으니 말이야."

도로시가 진심으로 말하자, 허수아비도 대답했어.

"그래, 정말 구하고 싶어. 자기가 바보라는 사실이 떠오르면 정말 기분 나쁘거든."

"그래, 이제 가자."

도로시가 말하곤 허수아비에게 바구니를 맡겼어.

이제 길가에 울타리는 완전히 사라지고, 땅에는 농사한 흔적조차 없었어. 저물녘에 울창한 숲이 나오는데, 나무는 정말 커다랗고 빽빽하게 자라, 노란 벽돌 길 위로 나뭇가지가 엉키며 햇살을 가려서 어두컴컴했지만, 일행은 멈추지 않고 숲으로 곧장 들어갔지.

"들어가는 길이 있으면 나가는 길도 있겠지. 길 끝에 에메랄드 도시가 있으니, 우리는 길이 나아가는 대로 나아가는 거야."

허수아비가 말하자, 도로시도 대답했어.

"그건 누구나 알아."

"당연히 그렇겠지. 그래서 나도 아는 거야. 두뇌가 있어야 아는 거라면 나는 절대로 알 수 없으니까."

한 시간 정도를 들어가자 햇빛이 사라져, 도로시는 어두운 길을 더듬으며 나아갔어. 도로시는 어두운 곳을 못 봐도 토토는 아니었어. 개는 어두워도 잘 보거든. 그런데 허수아비 역시 대낮처럼 잘 보인다고 선언해, 도로시는 그 팔을 잡고서 비교적 편하게 나아갈 수 있었지.

그러다 말했어.

"하룻밤을 보낼만한 집이든 장소든 보이면 나한테 말해. 어둠 속에서 걷는 건 정말 불편하니까."

그러자 얼마 후에 허수아비가 멈추더니, 이렇게 말한 거야.

"우리 오른편으로 조그만 오두막이 보여. 통나무랑 나뭇가지로 지었어. 저기로 갈까?"

"그래. 이제 나는 완전히 지쳤거든."

도로시가 대답하곤, 허수아비 팔을 붙잡고 울창한 나무 사이를 지나서 오두막으로 다가가다 안으로 들어서니, 한쪽 모서리에 마른 잎사귀로 만든 잠자리가 보이는 거야. 그래서 거기에 누워, 토토를 옆에 앉힌 채 곧바로 깊은 잠에 빠져들었어. 허수아비는 절대로 지치지 않아, 맞은편 모서리에 우뚝 서서 아침이 올 때까지 굳세게 기다리고.

5. 양철 나무꾼을 구하다

　잠에서 깨어나니 태양은 나무 사이로 환하게 빛나고, 토토는 벌써 밖으로 나가서 새와 다람쥐를 쫓아다녔어. 도로시는 일어나 앉아서 주변을 둘러보니, 허수아비가 보이는 거야. 모서리에 그대로 서서 줄기차게 기다렸거든.

　"이제 나가서 물을 찾아야 해."

　도로시가 말하자, 허수아비가 물었어.

　"물은 왜 찾아야 하는데?"

　"먼지가 풀럭이는 길을 걸었으니 얼굴도 씻고 마시기도 해야지, 마른 빵이 목에 안 걸리도록."

　허수아비는 깊이 생각하다 대답했어.

　"살로 만든 몸은 불편한 게 많겠어. 잠도 자야 하고 먹고 마셔야 하잖아. 하지만 두뇌가 있어서 제대로 생각할 수 있다면 그 정도는 충분히 견딜 것 같아."

둘은 오두막을 나가 나무 사이를 걷다가 맑은 샘물을 찾자, 도로시는 물을 마시고 세수하고 아침도 먹었어. 바구니에 남은 빵이 얼마 없어, 허수아비가 안 먹어도 된다는 사실이 도로시는 다행스러웠지. 이제 남은 분량은 자신과 토토가 하루 먹기에도 빠듯했거든.

도로시는 아침을 다 먹고 노란 벽돌 길로 가려다, 근처에서 끙끙대는 소리를 듣고 깜짝 놀라서 겁에 질린 목소리로 물었어.

"저게 무슨 소리지?"

"나는 상상할 수 없어. 직접 가서 살펴보자."

허수아비가 말할 때 끙끙대는 소리가 다시 들리는데, 뒤에서 일어나는 것 같았어. 도로시는 허수아비와 함께 몸을 돌려서 숲으로 몇 걸음 들어서니, 나무 사이로 떨어지는 햇살에 무언가 반짝이는 물체가 보이는 거야. 도로시는 그쪽으로 뛰어가다 갑자기 멈추며 비명을 살짝 내질렀지.

커다란 나무 하나가 일부 도끼질 당하고, 바로 옆에는 양철로 만든 인간이 있는데 두 손으로 도끼를 들어 올린 상태야. 머리와 두 팔과 두 다리는 몸통에 그대로 달렸지만, 꼼짝을 않는 게, 꿈틀댈 수조차 없는 것 같았어.

도로시는 깜짝 놀라며 바라보고 허수아비도 마찬가지야. 토토는 매섭게 짖다 양철 다리를 덥석 물어서 이빨만 아프고.

"네가 끙끙댄 거니?"

도로시가 묻자, 양철 나무꾼이 대답했어.

"응, 내가 그랬어. 일 년 넘게 끙끙대는데 그걸 듣고서 도우러 온 사람은 네가 처음이야."

"내가 어떻게 도와주면 될까?"

도로시가 다정하게 물었어. 슬픈 목소리에 마음이 찡했거든. 그러자 양철 나무꾼이 대답했어.

"기름통을 가져와서 관절에 발라. 너무 심하게 녹슬어서 조금도 움직일 수 없어. 기름칠만 잘하면 금방 괜찮아질 거야. 오두막 선반을 보면 기름통이 있어."

도로시는 오두막으로 단번에 달려가서 기름통을 찾아, 재빨리 돌아와서 다급하게 물었어.

"관절이 어디니?"

"먼저 목에다 발라."

양철 나무꾼이 알려줘서 도로시가 거기에 기름을 바르는데, 녹이 너무 심한 터라 제대로 움직이도록 허수아비가 양철 머리를 잡아서 이리저리 천천히 돌려주었어. 그런 다음에 비로소 양철 나무꾼 혼자서 목을 돌릴 수 있었지.

"이제 두 팔 관절에 발라."

양철 나무꾼 말에, 도로시는 그대로 하고 허수아비는 녹슨 팔을 천천히 구부리다 펴주어, 마침내 새 팔처럼 자유롭게 움직였어.

양철 나무꾼은 지극히 만족해서 탄성을 내지르며 도끼를 내리곤 나무에 기댔어. 그리고 말했지.

"아, 정말 편하다. 관절이 녹슨 다음부터 지금까지 도끼를 줄곧 치켜들다 드디어 내려놓으니, 너무나 기뻐. 이제 다리 관절에 기름을 칠하면 나도 제대로 걸을 수 있어."

도로시와 허수아비는 다리 관절에 기름을 칠해서 자유롭게 움직이게 하고, 양철 나무꾼은 자신을 구해주어서 고맙다며 거듭 인사했어. 예의도 바르고 감사할 줄도 아는 사람이거든.

"너희가 안 왔다면 나는 영원히 꼼짝을 못했을 테니, 너희가 나를 살려준 셈이야. 여기에 무슨 일로 온 거니?"

양철 나무꾼이 묻자, 도로시가 대답했어.

"위대한 오즈를 만나러 에메랄드 도시로 가는 중에 하룻밤을 묵으려고 네 오두막에 들른 거야."

"오즈는 왜 만나려는 건데?"

"나는 캔자스로 돌아가고, 허수아비는 머리에 두뇌를 넣어달라 부탁하려고."

도로시가 대답하자, 양철 나무꾼은 잠시 깊은 생각에 빠져들다 물었어.

"오즈라면 나한테 심장을 줄 수 있을까?"

"으음, 그렇겠지. 허수아비한테 두뇌를 주는 것처럼 손쉽게."

"맞아. 너희랑 함께 가도 괜찮다면, 나도 에메랄드 도시로 가서 오즈한테 도와달라고 부탁해야겠어."

양철 나무꾼이 말하자, 허수아비는 진심으로 "함께 가자" 말하고, 도로시는 함께 가면 정말 좋겠다고 덧붙였어. 그래서 양철 나무꾼은 도끼를 어깨에 걸치고, 일행은 숲길을 함께 나아가서 노란 벽돌 길에 들어섰어.

양철 나무꾼이 도로시에게 기름통을 바구니에 넣도록 부탁한 다음이야. "비를 맞으면 또 녹스니까 기름통이 꼭 필요하다"면서.

새 친구가 길을 함께 가게 된 건 정말 대단한 행운이야. 얼마 안 돼서 나무와 나뭇가지가 무성하게 자라며 길을 덮어, 도저히 지나갈 수 없었거든. 그런데 양철 나무꾼이 도끼를 휘둘러 멋지게 잘라서 길을 낸 거야.

도로시는 깊은 생각에 잠기느라 도중에 허수아비가 구멍을 헛디뎌서 길옆으로 구른 것도 못 알아챘어. 허수아비로서는 도로시에게 어서 일으켜 달라고 소리칠 수밖에 없었지.

"구멍을 피해서 걷지그래?"

양철 나무꾼이 묻자, 허수아비는 활기차게 대답했어.

"나는 그런 걸 몰라. 머리에 지푸라기만 가득하거든. 그래서 오즈한테 가는 거야, 두뇌를 얻으려고."

"아, 그렇군. 하지만 누가 뭐래도 세상에서 가장 중요한 건 두뇌가 아니야."

"너는 두뇌가 있니?"

"아니, 나는 머리가 텅 비었어. 하지만 원래는 두뇌도 있고 심장도 있었어. 그래서 둘 다 다시 구하고 싶긴 한데, 나는 심장이 훨씬 좋아."

"이유가 뭔데?"

"이야기를 하나 들려줄게, 그러면 너도 알 거야."

그래서 숲길을 걷는 동안, 양철 나무꾼은 이렇게 이야기했어.

"나는 나무꾼 아들로 태어났어. 아버지는 숲에서 나무를 잘라 땔감을 파셨지. 나도 자라서 나무꾼이 되고, 아버지가 돌아가신 다음에는 내 손으로 어머니를 보살폈어. 그러다 어머니도 돌아가셔서 혼자 외롭게 사느니 차라리 결혼하자고 마음먹었어. 그러면 안 외로울 테니까.

먼치킨 아가씨가 있었는데, 정말 아름다웠어. 나는 온 마음을 다해서 사랑했어. 아가씨는 내가 돈을 많이 벌어 좋은 집을 지으면 결혼하겠다 약속하고, 그래서 나는 어느 때보다 열심히 일했어. 하지만 함께 살던 할머니는 아가씨가 누구하고도 결혼하지 않길 바랐어. 정말 게을렀거든. 그래서 아가씨가 자기랑 살며 요리도 하고 집안일도 해주길 바랐거든. 결국, 할머니는 동쪽 나라 나쁜 마녀를 찾아가, 결혼을 막아주면 양 두 마리랑 젖소 한 마리를 주겠다고 약속했어. 그러자 나쁜 마녀는 내 도끼에 마법을 걸고, 나는 새집을 최대한 빨리 멋지게 지어서 결혼하고 싶은 마음에 최선을 다해서 도끼질하는데, 하루는 도끼가 갑자기 미끄러지면서 왼쪽 다리를 자르고 말았어.

처음에는 엄청나게 불행했어. 다리가 하나밖에 없으면 나무를 벨 수 없을 게 분명하거든. 그래서 양철 대장장이를 찾아가, 양철로 다리를 만들었어. 새 다리는 일단 적응하니까 정말 잘 움직였지. 하지만 그걸 보고 동쪽 나라 나쁜 마녀가 잔뜩 화난 거야. 내가 예쁜 먼치킨 아가씨랑 결혼을 못 하게 하겠다는 약속이 어긋나게 되었거든. 그래서 내가 다시 도끼질하는데, 도끼가 또 미끄러지면서 오른 다리를 자르고 말았어. 이번에도 나는 양철 대장장이를 찾아가서 오른 다리를 만들었어. 그런 다음에도 마법에 걸린 도끼가 두 팔을 차례대로 잘라냈지만, 나는 포기하지 않았어. 양철로 다시 만들었거든. 그러자 나쁜 마녀는 도끼를 미끄러뜨려서 머리를 잘랐어. 나는 이제 다 끝났다고 생각했지. 하지만 양철 대장장이가 우연히 찾아오더니, 양철로 머리를 만들어주었어.

나는 나쁜 마녀를 이겨냈다는 생각으로 어느 때보다 열심히 일했어. 나쁜 마녀가 얼마나 잔인한지 몰랐던 거야. 나한테서 아름다운 먼치킨 아가씨를 사랑하는 마음을 죽여야겠다는 생각에, 도끼가 다시 미끄러지면서 몸뚱이에 틀어박혀 두 동강 냈거든. 양철 대장장이는 다시 찾아와서 몸뚱이를 만들고 두 팔과 두 다리와 머리를 단단히 붙였어, 관절에 잇는 식으로. 그래서 예전처럼 돌아다닐 수 있었어. 그런데, 아아, 심장이 사라지면서 먼치킨 아가씨를 사랑하는 마음도 결혼하고 싶은 열망도 모두 사라진 거야. 아가씨는 지금 이 순간에도 할머니와 살며 내가 찾아오기만 기다릴 텐데 말이야.

나는 몸뚱이가 햇살을 받아 환하게 반짝이는 게 자랑스러운 데다 이제 도끼가 미끄러져도 아무렇지 않아. 몸뚱이 어디도 잘려나가지 않거든. 문제는 딱 하나…… 관절이 녹슨다는 거야. 하지만 기름통을 오두막에 보관해서 필요할 때마다 칠하며 관리했어. 그런데 하루는 기름칠하는 걸 깜빡 잊은 데다, 숲에서 폭풍우까지 만났는데, 관절이 녹슬겠다는 생각을 미처 못 한 거야. 그래서 일 년 내내 꼼짝을 못 하고 가만히 있는데, 너희가 나타나서 살려준 거고. 그동안 정말 고통스러웠지만, 곰곰이 생각할 시간도 충분해서 내가 잃은 것 가운데 가장 소중한 건 바로 심장이란 사실을 깨달았어. 사랑하는 동안에는 내가 세상에서 가장 행복한 사내였거든. 하지만 심장이 없는 사람은 사랑도 할 수 없으니,

오즈를 찾아가서 심장을 달라고 부탁할 마음을 먹은 거야. 그래서 성공한다면, 먼치킨 아가씨를 찾아가서 당장 결혼할 거야."

도로시와 허수아비는 이야기를 열심히 듣다, 양철 나무꾼이 심장을 꼭 얻고 싶은 이유를 모두 이해했어.

"그래도 나는 심장이 아니라 두뇌를 부탁할 거야. 바보는 심장이 있어도 무얼 할지 모를 테니까."

허수아비가 말하자, 양철 나무꾼이 대답했지.

"나는 심장을 부탁할 거야. 두뇌는 인간을 행복하게 하진 않는데, 세상에서 가장 중요한 건 행복이거든."

도로시는 아무 말도 안 했어. 누구 말이 옳은지 모호한 데다 자신은 캔자스 엠 숙모에게 돌아갈 수만 있다면 나무꾼에게 두뇌가 있든 없든 허수아비에게 심장이 있든 없든 두 친구 각자가 바라는 걸 얻든 말든 상관없다는 생각이 들었거든.

도로시에게 무엇보다 걱정스러운 건 빵을 거의 먹었다는, 자신과 토토가 한 끼 먹을 게 전부라는 사실이었어. 양철 나무꾼이든 허수아비든 음식을 안 먹는 게 당연해도 자신은 양철이나 지푸라기가 아니라서 음식을 안 먹으면 못 살거든.

6. 겁쟁이 사자

도로시 일행은 빽빽한 숲길을 오랫동안 걸었어. 길에 노란 벽돌이 깔린 건 똑같아도 나무에서 마른 나뭇가지와 나뭇잎이 잔뜩 떨어진 터라 걷는 게 불편했지.

이쪽 숲에는 새도 거의 없었어. 새는 탁 트인 공간에 가득한 햇살을 좋아하거든. 하지만 야생동물이 짙은 나무 사이에 숨어서 으르렁대는 소리는 가끔 들렸어. 그럴 때마다 도로시는 심장이 두근거렸지. 도대체 무슨 소리인지 알 수 없었거든. 하지만 토토는 잘 아니, 도로시 옆에 바싹 달라붙으며 걸을 뿐, 짖어대는 건 감히 생각조차 못 했어.

"얼마나 더 걸어야 숲이 끝날까?"

도로시는 양철 나무꾼에게 묻고 이런 대답을 들었어.

"나도 몰라. 에메랄드 도시에 가는 건 처음이거든. 하지만 내가 어릴 적에 아버지가 한 번 다녀오시더니 길은 멀고 위험한 건 많다고, 하지

53

만 오즈가 사는 도시로 다가갈수록 풍경은 아름답다고 말씀하셨어. 하지만 난 기름통만 있으면 두려울 게 없고 허수아비 역시 무서울 게 없는 데다 너는 착한 마녀가 뽀뽀한 자국이 이마에 있으니, 그게 지켜줄 거야."

"하지만 토토는! 토토는 누가 지켜주지?"

도로시가 초조한 어투로 묻자, 양철 나무꾼이 대답했어.

"우리가 지켜주지."

이 말이 끝나자마자 으르렁대는 소리가 끔찍하게 일어나더니, 커다란 사자가 길로 뛰어들었어. 그래서 앞발을 한 번 휘둘러 허수아비를 빙글빙글 돌다 길가로 나뒹굴게 하더니, 날카로운 발톱으로 양철 나무꾼을 때렸어. 하지만 길가에 나자빠진 채 꼼짝을 안 해도 양철엔 아무런 자국이 안 남아서 사자는 깜짝 놀랐지.

조그만 토토는 사자와 마주 서서 열심히 짖어대며 달려들고, 커다란 사자는 토토를 물려고 입을 쩍 벌렸어. 도로시는 토토가 물려 죽을까 걱정스러운 나머지, 위험한 걸 잊고 달려들어서 사자 코를 힘껏 때리며 소리쳤어.

"토토를 물지 마! 너처럼 커다란 맹수가 조그만 강아지를 물다니, 창피한 줄 알라고!"

"물지 않았어."

사자가 대꾸하며 도로시가 때린 코를 앞발로 문질렀어.

"맞아, 하지만 물려고 했잖아. 너는 덩치만 커다란 겁쟁이야."

도로시가 나무라자, 사자는 창피해서 고개를 숙이며 대답했어.

"나도 알아. 늘 그랬으니까. 하지만 난들 어쩌겠니?"

"그걸 내가 어떻게 아니? 지푸라기만 가득한 사람을 때릴 생각이나 하다니, 허수아비처럼 불쌍한 상대를!"

"지푸라기만 가득해?"

사자가 묻고 깜짝 놀란 표정으로 지켜보는 동안, 도로시는 허수아비를 잡아서 똑바로 일으켜 세우더니 이리저리 매만지며 모양을 만들어 주었어. 그리곤 여전히 화난 어투로 대답했지.

"당연히 지푸라기만 가득하지."

"그래서 가볍게 나뒹굴었구나. 빙글빙글 도는 걸 보고 깜짝 놀랐거든. 다른 친구도 지푸라기만 가득하니?"

"아니야. 쟤는 양철로 만들었어."

도로시가 대답하곤 나무꾼을 일으켜 세웠어.

"그래서 발톱이 뭉툭하게 깨질 뻔했구나. 발톱으로 양철을 긁을 때 등줄기에 소름이 쫙 끼쳤거든. 저 조그만 동물은 뭐야, 네가 애지중지하는 동물?"

"강아지, 토토."

"쟤도 양철이나 지푸라기로 만든 거니?"

"아니야. 쟤는…… 살로 된 강아지야."

"아! 참 별난 동물이구나. 엄청 조그만 것 같아, 다시 보니까. 덩치가 작아서 아무도 물 생각을 안 할 거야, 나 같은 겁쟁이만 빼면."

사자가 서글프게 말하자, 도로시는 깜짝 놀란 표정으로 쳐다보며 물었어. 덩치가 말처럼 컸거든.

"어쩌다 겁쟁이가 됐니?"

"그게 정말 이상해. 나는 애초에 그렇게 태어난 것 같아. 어디서든 사자를 맹수의 왕으로 여기니까 숲에 사는 동물들 역시 당연히 내가 용감할 거로 여겨. 그래서 내가 커다랗게 으르렁대면 누구든 겁먹고 멀찌감치 도망치는 거야. 사람이랑 마주치기라도 하면 죽을 것처럼 무서운 건 난데도, 내가 으르렁대기만 하면 상대가 죽을 둥 살 둥 도망치고. 코끼리든 호랑이든 곰이든 나랑 맞서려 든다면 나는 곧장 도망칠 수밖에 없어…… 겁이 너무 많거든. 그런데 으르렁대기만 하면 하나같이 도망치니, 당연히 나로선 그들이 도망치도록 할 수밖에."

"하지만 옳지 않아, 맹수의 왕이 겁쟁이라는 건."

허수아비가 끼어들자, 사자는 한쪽 눈에 달린 눈물방울을 꼬리 끝으로 닦아내며 대답했어.

"나도 알아. 그래서 엄청 슬프고 엄청 불행해. 위험한 일이 생길 때마다 심장이 벌렁거리고."

"심장병이 있나 보군."

양철 나무꾼이 말하자, 사자가 대답했어.

"그럴 수도 있어."

"그렇다면 좋은 거야, 너한테 심장이 있다는 증거니까. 나는 심장이 없어. 그래서 심장병에 걸릴 수도 없고."

양철 나무꾼이 다시 말하자, 사자는 깊이 생각하는 표정으로 대답했어.

"심장이 없다면 겁도 안 날 것 같아."

"두뇌는 있니?"

허수아비가 물어서 사자가 대답했어.

"그렇겠지. 내 눈으로 본 적은 없어."

그러자 허수아비가 말했어.

"나는 위대한 오즈한테 가서 두뇌를 달라고 할 거야. 머리에 지푸라기만 가득하거든."

나무꾼도 말했어.

"나는 오즈한테 가서 심장을 달라고 할 거야."

도로시도 말했어.

"나는 토토랑 캔자스로 보내달라고 할 거야."

"오즈라면 나한테 용기를 줄 수 있을까?"

겁쟁이 사자가 묻자, 허수아비가 대답했어.

"나한테 두뇌를 주는 것처럼 손쉽게."

양철 나무꾼도 대답했어.

"나한테 심장을 주는 것처럼 손쉽게."

도로시도 대답했어.

"나를 캔자스로 돌려보내는 것처럼 손쉽게."

"그럼 너희만 괜찮다면 나도 함께 가겠어. 이제 용기없이는 도저히 못 살겠어."

사자가 말하자, 도로시도 대답했어.

"그래, 우리로선 대환영이야. 네가 있으면 다른 맹수는 얼씬도 안 할 테니까. 하지만 다른 맹수들이 너한테 겁먹는 걸 보면 너보다 겁이 많은 게 분명해."

"맞아, 정말 겁이 많아. 하지만 그렇다고 해서 나한테 용기가 생기는 건 아니야. 겁이 생기는 만큼 불행할 거고."

일행은 다시 먼 길에 나서고, 사자는 도로시 옆에서 성큼성큼 걸었어. 토토는 새 친구가 처음에 못마땅했어. 끔찍한 사자 이빨에 물려서 몸이 으스러질 뻔한 걸 잊을 수 없었거든. 하지만 시간이 흐를수록 마음이 편하게 변하더니, 겁쟁이 사자랑 좋은 친구가 되었어.

그날은 평화로운 여행을 방해할 일이 더는 안 일어났어. 사실, 양철 나무꾼이 기어가는 딱정벌레를 밟아서 불쌍하게 죽이는 사고가 한 번 일어나긴 했어. 양철 나무꾼은 정말 슬펐지. 살아있는 생명체를 안 해치려고 늘 조심했거든. 너무 슬프고 안타까운 나머지, 길을 가는 동안 눈물을 몇 차례 뿌리며 울었어. 눈물은 뺨을 타고 천천히 흘러내리다 턱관절에 닿아서 녹슬고, 도로시가 무얼 물어도 입을 열 수 없었지. 녹 때문에 턱관절이 달라붙은 거야. 그래서 갑자기 벌벌 떨며 구해 달라는 동작을 수없이 하는데, 도로시는 도무지 이해할 수 없는 거야. 사자도 갑자기 왜 그러는지 몰라서 당황했지. 하지만 허수아비는 도로시 바구니에서 기름통을 대뜸 꺼내 턱관절에 기름칠하고, 나무꾼은 몇 분이 지난 다음에 비로소 원래대로 말했어.

"발을 내디딜 때 잘 살펴야 한다는 교훈을 얻었어. 딱정벌레 같은

곤충을 또 밟아서 죽인다면 눈물이 또 흐를 거고, 그러면 턱관절이 녹슬어서 또 말할 수 없을 테니까."

그래서 양철 나무꾼은 두 눈을 길바닥에 고정한 채 아주 조심하며 걷는데, 한번은 조그만 개미가 열심히 일하는 모습을 보고서 그 너머로 발을 내디뎌서 안 밟고 지나갔어. 자신에게 심장이 없다는 걸 아는 터라 누구에게도 불친절하거나 잔인하게 굴지 않으려고 엄청 노력한 거야. 이런 말도 했지.

"심장이 있는 사람은 마음을 이끄는 게 있으니 나쁘게 행동할 까닭이 없어. 하지만 나는 심장이 없으니 특히 조심할 수밖에. 오즈가 심장을 준다면 이렇게 조심할 필욘 당연히 없을 거야."

7. 위대한 오즈를 찾아서

그날 밤에 일행은 숲속 커다란 나무 밑에서 야영할 수밖에 없었어. 근처에 집이 하나도 없었거든. 커다란 나무는 무성한 잎사귀로 이슬을 막고, 양철 나무꾼은 도끼로 장작을 패고, 도로시는 모닥불을 멋지게 피워서 몸도 마음도 따듯하게 데웠어. 하지만 남은 빵을 토토와 함께 깨끗하게 먹어치우니, 당장 내일 아침에 무얼 먹을지 고민스러웠지. 그러자 사자가 말했어.

"네가 원한다면 숲으로 가서 사슴을 잡아 올게. 모닥불에 구우면 맛있을 거야. 너희 인간은 입맛이 독특해서 음식을 불에 굽는 걸 좋아하잖아. 그러면 아침 식사로 훌륭할 거야."

하지만 양철 나무꾼이 사정했어.

"안 돼! 그러지 마! 네가 불쌍한 사슴을 죽이면 나는 펑펑 울어서 턱관절이 다시 녹슬 거야."

그래도 사자는 숲으로 깊이 들어가서 저녁거리를 찾았는데, 그게 무언지 아무도 몰랐어. 사자가 아무 말도 안 했거든. 허수아비는 호두가 가득한 나무를 찾아, 도로시가 오랫동안 먹도록 호두를 도로시 바구니에 가득 담았어. 도로시는 허수아비가 정말 사려 깊고 다정하다고 생각했지만, 불쌍한 친구가 호두를 줍는 모습에 폭소를 터트리고 말았어. 지푸라기만 넣은 손은 너무 어설프고 호두는 너무 작아, 바구니에 넣으면서 절반을 바닥에 흘렸거든. 하지만 허수아비는 시간이 오래 걸려도 상관하지 않았어. 호두를 바구니에 담는 동안은 모닥불에서 멀리 떨어질 수 있었기 때문이야. 모닥불 근처에 있으면 행여나 불티가 튀어서 지푸라기 몸뚱이가 타버릴까 두려웠거든. 그래서 모닥불이랑 멀찌감치 떨어져 있다, 도로시가 잠자려고 누울 때 마른 잎사귀로 덮어 주려고 딱 한 번 다가온 게 전부야. 덕분에 도로시는 잠자리가 아늑하고 따듯해서 아침까지 곤하게 잤어.

햇살이 밝자, 도로시는 물살이 잔잔한 개울에서 세수하고, 일행은 에메랄드 도시로 곧바로 출발했어.

이날 역시 온갖 일이 일어날 수밖에 없었지. 한 시간 정도 걸을 때는 커다란 도랑이 나타나서 길은 물론 숲까지 완전히 가로지르는데,

이쪽이든 저쪽이든 끝없이 뻗어 나갔어. 폭도 꽤 넓은데, 모서리로 기어가서 내려다보니, 바닥이 깊은 데다 울퉁불퉁한 바위가 잔뜩 깔렸어. 벽은 또 얼마나 가파른지 도저히 내려갈 수 없어, 여행길은 여기에서 끝날 것 같았지.

"이제 어떻게 하지?"

도로시가 물었어, 자포자기한 어투로.

"나로선 조금도 모르겠어."

양철 나무꾼은 투덜대고, 사자는 덥수룩한 갈기를 절레절레 흔들며 곰곰이 생각하는 표정만 떠올렸어. 그런데 허수아비가 말하는 거야.

"우리가 공중을 날 수 없는 건 확실해. 도랑이 깊어서 내려갈 수도 없고. 따라서 저길 뛰어넘을 수 없다면 우리는 여기에서 멈출 수밖에 없어."

"나는 뛰어넘을 수 있을 것 같아."

겁쟁이 사자가 말했어. 거리를 속으로 곰곰이 따져보았거든.

그러자 허수아비가 대답했어.

"그렇다면 우리 모두 건널 수 있어. 네가 우리를 등에 태우고 뛰어넘는 거야, 한 번에 한 명씩."

"그래, 한번 해보자고. 누가 제일 먼저 건널래?"

사자가 묻자, 허수아비가 용감하게 나섰어.

"내가. 네가 뛰어넘지 못하면 바닥에 바위가 울퉁불퉁해서 도로시는 죽을 거고 양철 나무꾼은 몸이 찌그러질 거야. 하지만 내가 올라타는 건 아무렇지 않을 거야, 바닥에 떨어져도 안 다치니까."

겁쟁이 사자도 말했어.

"나는 저기에 떨어질까 끔찍이도 무섭지만, 그래도 도전하는 방법밖에 없는 것 같아. 그러니 등에 올라타도록. 너랑 나랑 도전해 보는

거야."

　허수아비는 사자 등에 올라앉고, 거대한 짐승은 도랑 모서리로 가서 가만히 엎드렸어.

"뒤에서 달려오다 뛰어넘지 그러니?"

　허수아비가 말하자, 사자가 대답했어.

"우리 사자는 그런 식으로 뛰어넘지 않아."

　그러더니 펄쩍 뛰어올라서 공중을 날다가 맞은편에 무사히 내렸어. 사자가 가볍게 해낸 걸 보고서 모두 기뻐하고, 허수아비가 등에서 내려온 다음, 사자는 도랑 건너편으로 다시 펄쩍 뛰어넘었어.

　도로시는 이제 자신 차례라 생각하고서 토토를 품에 안고 사자 등에 올라가 다른 손으로 갈기를 단단히 붙잡았어. 그와 동시에 하늘을 나는 것 같더니, 뭐가 뭔지 깨닫기도 전에 건너편에 무사히 도착했어. 사자는 세 번째로 양철 나무꾼을 태워서 뛰어넘고, 그런 다음, 일행은 바닥에 모두 앉아서 사자에게 충분히 쉴 시간을 주었어. 공중으로 펄쩍 뛰며 왔다 갔다 하느라 숨을 거칠게 몰아쉬는 게, 커다란 개가 오랫동안 달려서 숨을 헐떡이는 것 같았거든.

　이쪽 숲은 나무가 울창하고 어두워서 음침하게 보였어. 사자가 충분히 쉰 다음에 일행은 노란 벽돌 길을 따라 나아가는데, 숲을 정말

다 지나서 햇살이 환한 곳으로 다시 나아갈 수 있을까 하는 의심이 각자 마음속에 가득했어. 게다가 숲속 깊숙한 곳에서 이상한 소리까지 일어나서 마음이 한층 더 불편한데, 사자는 칼리다가 바로 여기에서 산다고 조그맣게 속삭였어.

"칼리다가 뭔데?"

도로시가 묻자, 사자가 대답했어.

"몸통은 곰 같고 머리는 호랑이처럼 생긴 괴물인데, 발톱이 길고 날카로워서 나 같은 사자는 내가 토토를 죽이는 것처럼 가볍게 찢어발길 수 있어. 나는 칼리다가 끔찍하게 무서워."

"네가 무서워하는 게 당연해. 정말 끔찍한 괴물 같아."

도로시가 말하자, 사자도 대답하려고 할 때 눈앞에 다른 도랑이 또 나와서 길을 막았어. 하지만 이번에는 훨씬 넓고 깊어서 도저히 뛰어넘을 수 없다는 사실을 사자는 한눈에 알아보았어.

일행은 바닥에 주저앉아 어떻게 할지 궁리하는데, 허수아비가 곰곰이 생각하다 제안했어.

"여기에 커다란 나무가 있어, 도랑 바로 옆에. 양철 나무꾼이 도끼로 잘라서 저 건너편으로 쓰러뜨리면, 우리 모두 편하게 걸어서 넘어가는 거야."

사자가 맞장구쳤어.

"좋은 생각이야. 누가 보면 네 머리에 두뇌가 가득한 줄 알겠어, 지푸라기가 아니라."

양철 나무꾼은 곧바로 열심히 일하는데, 도끼가 날카로운 나머지 얼마 후에는 나무가 금방이라도 쓰러질 것 같았어. 사자가 강한 앞발 두 개를 나무에 대고 온 힘을 다해서 밀자, 거대한 나무는 천천히 기울다 마침내 꽈과광 쓰러지며 도랑 건너편에 나무 끝을 걸쳤지.

일행은 이상하게 생긴 다리를 막 건너려다, 매섭게 으르렁대는 소리가 들려서 뒤를 돌아보니, 몸통은 곰 같고 머리는 호랑이처럼 생긴 괴물 두 마리가 무섭게 달려오는 거야.

"칼리다 두 마리다!"

겁쟁이 사자가 소리치며 덜덜 떨고, 허수아비도 소리쳤어.

"서둘러! 빨리 건너."

도로시는 토토를 껴안은 채 제일 먼저 건너고, 양철 나무꾼이 그 뒤를 따르고, 허수아비가 그 뒤를 따랐어. 사자는 겁에 질린 기색이 또렷한데도, 칼리다 두 마리를 정면으로 바라보며 아주 커다랗고 무섭게 으르렁댔어. 그 소리에 도로시는 비명을 지르고 허수아비는 뒤로 넘어졌지만, 무서운 괴물 두 마리도 멈칫하며 깜짝 놀란 표정으로 사자를 쳐다보았어.

하지만 자기네가 훨씬 큰 데다 두 마리나 되는데 사자는 한 마리밖에 안 된다는 사실을 떠올리곤 다시 앞으로 달려오고, 사자는 나무를 재빨리 건너서 이제 어떻게 할지 궁리했어. 끔찍한 괴물 두 마리 역시 조금도 안 멈추고 나무를 건너기 시작했거든. 그래서 사자가 도로시에게 말했어.

"우리가 졌어. 저들이 날카로운 발톱으로 우리를 갈기갈기 찢어발기고 말 테니까. 하지만 내 뒤에 바짝 달라붙어. 내가 살아있는 한 저들과 맞설 테니까."

"잠깐만!"

허수아비가 소리쳤어. 어떻게 하면 좋을지 곰곰이 생각했거든. 그래서 양철 나무꾼에게 도랑에 걸린 나무 끝을 도끼로 자르라고 부탁했어. 양철 나무꾼은 즉시 도끼질을 시작하고, 칼리다 두 마리가 거의 다 건너올 즈음에 나무는 도랑 밑으로 우당탕 떨어져, 괴물 두 마리도 비명을 내지르며 함께 떨어지다 바닥에 깔린 날카로운 바위에 온몸이 갈가리 찢겨나갔어.

겁쟁이 사자는 안도의 한숨을 길게 내쉬며 말했지.

"아아, 이제 우리가 조금 더 살 수 있겠어. 정말 다행이야. 죽는 건 정말 불편할 테니까. 저놈들 때문에 얼마나 무서웠는지, 지금도 심장이 쿵쾅거려."

양철 나무꾼이 슬프게 말했어.

"아, 나도 쿵쾅거릴 심장이 있으면 얼마나 좋을까."

이런 일까지 치르자, 일행은 숲에서 벗어나고픈 생각이 더욱 간절해 그만큼 빠르게 걷고, 도로시는 금방 지쳐서 사자 등에 올라탔어. 다행히도 앞으로 나아갈수록 나무는 조금씩 줄어들더니, 오후에는 널찍한 강물이 갑자기 나타나서 빠르게 흘렀어. 강물 건너편에 노란 벽돌 길이 뻗어 나가는데, 주변은 정말 아름다운 들판으로 곳곳에 화사한 꽃과 풀밭이 가득하며, 길 양쪽으로 나무가 쭉 늘어서서 맛있는 과일을 주렁주렁 매달았어. 눈앞에 아름답게 펼쳐진 들판을 보니 누구나 더할 나위 없이 기뻤지.

"그런데 강물을 어떻게 건너지?"

도로시가 묻자, 허수아비가 대답했어.

"그건 간단해. 양철 나무꾼이 뗏목을 만들면, 그걸 타고 건너는 거야."

그래서 양철 나무꾼은 도끼를 들고서 조그만 나무를 뗏목에 적당하게 자르기 시작했어. 양철 나무꾼이 바쁘게 일하는 동안, 허수아비는 강가에서 맛있는 과일이 가득한 나무를 찾아냈어. 도로시는 온종일 호두만 먹은 터라 기뻐하며 잘 익은 과일을 마음껏 먹었지.

하지만 뗏목을 만드는데 시간이 꽤 걸리는 거야. 양철 나무꾼이

지칠 줄 모르고 아무리 열심히 일해도 어쩔 수 없었어. 결국은 뗏목을
다 만들기 전에 밤이 찾아왔지. 일행은 나무 밑에 아늑한 자리를 찾아
서 아침까지 곤하게 잤어. 도로시는 에메랄드 도시에 도착해서 착한
마법사 오즈를 만나 고향집으로 곧장 돌아가는 꿈을 꾸었지.

8. 무서운 양귀비 꽃밭

다음 날 아침에 깨어나니, 힘과 희망이 새롭게 돋아났어. 도로시는 강변에 자란 나무에서 복숭아와 자두를 따다 공주님처럼 아침을 먹었어. 이런저런 고통에 시달리며 무사히 지나온 숲이 뒤에서 까맣게 보이지만, 앞에는 사랑스럽고 따사로운 들판이 에메랄드 도시로 어서 가라고 손짓하는 것 같았지.

물론 아름다운 들판으로 가는 길은 널따란 강물이 막았어. 하지만 뗏목을 거의 만든 터라, 양철 나무꾼은 통나무를 몇 개 잘라 나무못으로 단단히 고정해서 출발 준비를 마쳤어. 도로시는 뗏목 한가운데 앉아서 토토를 꼭 껴안았지. 겁쟁이 사자가 올라서자 덩치가 크고 무거워서 뗏목이 심하게 기울더니, 허수아비와 양철 나무꾼이 반대편에 올라서 균형을 잡곤, 기다란 장대를 두 손에 움켜잡고 바닥을 밀며 강물로 나아갔어.

처음에는 뗏목이 잘 나아갔지만, 강 한가운데에 이르자, 물살이 빠르게 변하면서 뗏목이 휩쓸려 노란 벽돌 길에서 점차 멀어졌어. 그런데 물이 너무 깊어서 기다란 장대로 바닥을 밀 수도 없는 거야. 양철 나무꾼이 깜짝 놀라며 말했어.

"문제가 심각해. 우리가 육지에 못 닿으면 뗏목이 서쪽 나라 나쁜 마녀한테 흘러가, 우리 모두 마법에 걸려서 노예가 될 거야."

허수아비도 말했어.

"그렇다면 나는 두뇌를 구할 수 없어."

겁쟁이 사자도 말했어.

"그럼 나는 용기를 구할 수 없어."

양철 나무꾼도 말했어.

"그럼 나는 심장을 구할 수 없어."

도로시도 말했어.

"그럼 나는 고향집으로 돌아갈 수 없어."

"우리는 무슨 일이 있더라도 에메랄드 도시로 가야 해."

허수아비가 다시 말하더니, 장대를 너무 힘껏 밀다 강바닥 진흙에 단단히 박히고 말았어. 그런데 장대를 잡아빼기도 전에 - 혹은 손을 놓기도 전에 - 뗏목이 빠르게 흘러가는 바람에 불쌍한 허수아비는

강 한가운데서 장대에 대롱대롱 매달리고
만 거야. 그러면서 소리쳤어.

"잘 가!"

일행은 허수아비를 그대로 두고 떠나야
한다는 게 너무나 안타까웠어. 실제로 양철
나무꾼은 엉엉 울다가 녹슨다는 사실을 다
행히 떠올리고 도로시 앞치마로 눈물을 닦
을 정도였어.

물론 허수아비는 상황이 더욱 심각했어. 이런 생각이 절로 들 정도로.

'지금 나는 도로시를 처음 만날 때보다 상황이 안 좋아. 당시에는
옥수수밭에서 장대에 매달려 까마귀를 쫓는 흉내라도 냈잖아. 하지만
강 한가운데에서 장대에 매달린 허수아비는 아무런 쓸모가 없어. 이런
식으로는 두뇌를 절대로 못 구할 것 같아서 걱정이야!'

뗏목은 하류로 계속 떠가고, 불쌍한 허수아비는 점차 멀어졌어. 결
국엔 사자가 말했지.

"어떤 식으로든 문제를 풀어야 돼. 내가 강변으로 헤엄치며 뗏목을
끌 수 있을 것 같아, 너희가 꼬리를 단단히 붙잡기만 하면."

그러더니 강물로 풍덩 뛰어들고, 양철 나무꾼은 그 꼬리를 단단히
붙잡았어. 이윽고 사자는 온 힘을 다해서 강변으로 헤엄쳤어. 정말
힘든 일이야, 덩치가 아무리 커도. 하지만 사자는 급한 물살에서 조금
씩 벗어나고, 도로시는 양철 나무꾼에게서 장대를 넘겨받아 뗏목을
강변 쪽으로 밀었어.

마침내 강변에 도착해 녹색이 아름다운 풀밭에 올라설 때는 모두
지칠 대로 지쳤어. 물살에 실려서 에메랄드 도시로 나아가는 노란 벽돌
길을 많이 지나쳤다는 생각만 가득 떠올랐지.

"이제 어떻게 하지?"

양철 나무꾼이 물었어. 사자는 젖은 몸을 햇살에 말리려고 풀밭에 눕고.

"노란 벽돌 길로 돌아가야 해, 어떻게든."

도로시가 말하자, 사자가 제안했어.

"제일 좋은 방법은 노란 벽돌 길이 나올 때까지 강변을 따라 걷는 거야."

모두 충분히 쉰 다음, 도로시는 바구니를 들고 일행과 함께 강변 풀밭을 따라, 강물에 쓸려온 곳에서 노란 벽돌 길을 향해 걸었어. 주변이 참 아름다웠어. 사방에 가득한 꽃과 과일나무와 햇살이 상쾌했지. 불쌍한 허수아비를 떠올리며 안타까워하는 마음만 없다면 모두 즐거웠을 거야.

일행은 최대한 빠르게 걸었어. 도로시가 예쁜 꽃을 한 송이 꺾으려고 잠시 멈춘 게 전부였어. 그런데 양철 나무꾼이 갑자기 소리친 거야.

"저길 봐!"

강 쪽을 쳐다보니, 강물 한가운데서 허수아비가 장대에 매달린 표정이 정말 쓸쓸하고 슬퍼 보였어.

"어떻게 구하지?"

도로시가 묻자, 사자와 양철 나무꾼은 고개를 절레절레 흔들었어. 아무런 생각도 안 났거든. 그래서 강둑에 가만히 앉아 안타까운 표정으로 허수아비만 쳐다보는데, 황새 한 마리가 날아가다 그들을 보고 물가에 내려서 묻는 거야.

"너희는 누구니? 어디로 가는 길이니?"

도로시가 대답했어.

"나는 도로시야. 이쪽은 내 친구, 양철 나무꾼이랑 겁쟁이 사자고.

우리는 에메랄드 도시로 가는 중이야."

"여기는 그 길이 아니야."

황새가 말하더니, 기다란 목을 비틀며 수상하
단 표정으로 매섭게 노려보았어. 그래서 도로시
가 얼른 대답했지.

"나도 알아. 하지만 허수아비가 떨어져서 어떻게 구할
까 궁리하는 중이야."

"어디에 있는데?"

황새가 물어, 도로시가 대답했어.

"저기, 강 한가운데."

"저 친구가 크고 무겁지 않다면 내가 데려다줄 수 있
을 텐데."

황새가 말하자, 도로시는 재빨리 대답했어.

"저 친구는 무겁지 않아. 몸속에 지푸라기만 가득하거
든. 네가 저 친구를 데려다준다면 우리로선 더할 나위
없이 고맙겠어."

"으음, 그렇다면 한번 해보지. 하지만 저 친구가 무거
우면 내가 운반하다 강물에 떨어뜨릴 수도 있어."

황새가 말하더니, 공중으로 솟구치고 강물을 지나서
허수아비가 매달린 장대로 날아갔어. 그리곤 커다란 발톱
으로 허수아비 팔을 움켜잡고 공중으로 날아올라 강변으로 돌아오고,
도로시와 사자와 양철 나무꾼과 토토는 가만히 앉아서 기다렸지.

허수아비는 친구들 품으로 돌아오더니 너무 기뻐서 일일이 껴안았
어, 사자랑 토토까지. 길을 나선 다음에는 한 걸음 내디딜 때마다
"요를-레이-요를-레이-요"를 불러대고. 너무나 즐거웠거든. 그러면

서 말했어.

"강물 한가운데에 영원히 머물 줄 알았어. 하지만 친절한 황새가 구해주었으니, 내가 두뇌를 조금이라도 구한다면 황새를 다시 찾아가서 꼭 보답하겠어."

그러자 황새가 옆에서 날다가 말했어.

"괜찮아. 나는 어려움에 부닥친 이를 돕는 게 좋거든. 이제 가야겠어. 새끼들이 둥지에서 애타게 기다리거든. 에메랄드 도시를 무사히 찾아가길, 그래서 오즈가 너희 모두를 도와주길 바랄게."

"고마워."

도로시가 대답하자, 친절한 황새는 공중으로 날아오르더니 순식간에 사라졌어.

아름다운 새가 노래하는 소리를 듣고 사랑스러운 꽃을 구경하며 걷다 보니, 꽃이 점차 많아지다 못해 땅바닥에 양탄자처럼 깔리기 시작한 거야. 노란색 하얀색 파란색 보라색 꽃이 큼지막하고 옆에는 새빨간 양귀비꽃이 가득한데, 색깔이 정말 화려한 나머지 도로시는 눈이 어지러울 지경이었어.

"정말 아름답지 않아?"

도로시가 물었어. 화려한 꽃에서 짜릿한 향기도 들이켜고.

허수아비가 대답했어.

"그런 것 같아. 나도 두뇌가 있다면 저 꽃이 마음에 꼭 들었을 거야."

양철 나무꾼도 대답했어.

"나도 심장이 있다면 저 꽃을 정말 사랑했을 거야."

사자도 대답했어.

"나는 꽃을 늘 좋아했어. 힘이 하나도 없어서 약하게 보이거든. 하지만 숲에는 이렇게 화사한 꽃밭이 하나도 없어."

새빨갛고 커다란 양귀비꽃은 점차 늘어나고 다른 꽃은 점차 줄어들더니, 마침내 일행은 양귀비꽃이 가득한 꽃밭 한가운데에 들어섰어. 양귀비꽃이 가득한 곳은 향기가 너무 강해 그걸 들이마신 사람은 깊은 잠에 빠져들어, 꽃향기 가득한 곳에서 밖으로 얼른 끌고 나오지 않으면 깊은 잠에 영원히 빠져든다는 사실을 지금은 모르는 사람이 없어. 하지만 당시에 도로시는 그걸 모른 데다 새빨간 꽃이 아름다운 곳을 벗어날 수도 없었어. 그러다 보니 눈꺼풀이 점차 무거워지다, 그냥 앉아서 잠자고 싶은 마음만 가득했어.

　양철 나무꾼은 도로시가 잠자지 못하게 하면서 다그쳤어.

　"어두워지기 전에 노란 벽돌 길을 얼른 찾아야 해."

　허수아비도 동의했어. 그래서 일행은 계속 걷고, 도로시는 더는 견딜 수 없었어. 두 눈이 자신도 모르게 감기면서 여기가 어디인지조차 잊어버린 채 양귀비꽃 사이에 쓰러져서 그대로 잠든 거야.

"이제 어떻게 하지?"

양철 나무꾼이 묻자, 사자가 대답했어.

"여기에 그대로 두면 도로시가 죽을 거야. 꽃향기는 우리 모두를 죽이거든. 나도 눈을 뜨는 게 힘들어, 토토는 벌써 잠들고."

정말이야. 토토 역시 도로시 옆에 벌써 쓰러졌거든. 하지만 허수아비랑 양철 나무꾼은 살로 만든 게 아니라서 꽃향기를 맡아도 아무렇지 않아. 그래서 허수아비가 사자에게 말했어.

"급히 달려서 끔찍한 꽃밭을 최대한 빨리 빠져나가. 도로시는 우리가 데리고 가겠지만, 너는 잠들면 무거워서 옮길 수 없어."

사자는 벌떡 일어나 최대한 빠르게 앞으로 달렸어. 그래서 순식간에 사라졌지.

"손으로 가마를 만들어서 도로시를 운반하자."

허수아비가 제안했어. 둘은 토토를 들어 도로시 무릎에 놓은 다음, 두 팔을 겹쳐서 손으로 가마를 만들더니, 잠자는 도로시를 거기에 신고 꽃밭 사이를 헤치며 나아갔어.

꾸준히 나아가는데도 끔찍한 꽃이 양탄자처럼 뻗어 나가 사방에 가득할 뿐, 도무지 끝날 줄 몰랐어. 둘은 강이 굽은 곳을 따라 나아가다, 마침내 사자를 발견했어. 양귀비꽃 사이에 쓰러져서 곤하게 자는 거야. 꽃향기가 너무 강렬한 나머지 거대한 맹수도 결국엔 못 견뎌, 꽃밭이 끝나는 지점을, 아름다운 풀밭이 드넓게 뻗어 나간 지점을 조금 남겨둔 채 그대로 쓰러진 거야.

양철 나무꾼이 슬프게 말했어.

"우리가 할 수 있는 건 없어. 사자는 너무 무거워서 못 들거든. 우리로선 사자가 여기에서 영원히 잠자도록 할 수밖에 없어. 마침내 용기를 찾는 꿈이라도 꾸도록."

허수아비가 한탄했어.

"마음이 정말 아파. 사자는 겁쟁이치고 좋은 친구였어. 하지만 우리로선 계속 나아갈 수밖에."

둘은 잠자는 도로시를 강물 옆 아름다운 지점으로 데리고 갔어. 무서운 양귀비 꽃밭이랑 충분히 떨어져서 꽃향기 독이 더는 다가오지 않는 곳이야. 그래서 부드러운 풀밭에 가만히 내려놓고 신선한 바람이 도로시를 깨우기만 기다렸어.

9. 들쥐 여왕

"노란 벽돌 길이 멀지 않을 거야, 이제. 강물에 떠내려간 만큼 거의 돌아왔으니까."

허수아비가 도로시 옆에서 말해, 양철 나무꾼이 대답하려는데 으르렁대는 소리가 나지막하게 들려서 관절에 매달린 고개를 멋지게 돌리니, 이상한 짐승이 풀밭에서 펄쩍펄쩍 뛰며 달려오는 거야. 자세히 보니 노란색 커다란 살쾡이로, 먹잇감을 뒤쫓는 게 분명하단 생각이 들었어. 두 귀는 머리 뒤로 바싹 누이고 입은 쩍 벌려서 이빨 두 개를 끔찍하게 드러내고 빨간 눈은 불덩이처럼 이글거렸거든. 살쾡이가 다가올 때 양철 나무꾼은 그 앞에서 도망치는 조그만 회색 들쥐를 발견하고, 비록 심장은 없지만 이렇게 순하고 예쁜 짐승을 해치는 건 살쾡이가 잘못하는 거란 생각이 들었어.

그래서 도끼를 치켜들어, 살쾡이가 옆을 지날 때 재빨리 내려쳐서

그 목을 잘라, 머리가 양철 나무꾼 발밑으로 데굴데굴 굴러갔어.

들쥐는 적이 사라지자 곧바로 멈추더니, 양철 나무꾼에게 천천히 다가와서 조그만 목소리로 찍찍거리며 말했어.

"아, 고마워요! 목숨을 구해주어서 정말 고맙습니다."

"괜찮아. 난 심장이 없지만 친구가 필요한 이라면 누구든 도와주려고 애쓰거든, 그게 들쥐에 불과하더라도."

양철 나무꾼이 말하자, 들쥐가 불끈하며 소리쳤어.

"들쥐에 불과하다니! 맙소사, 나는 여왕이라고요…… 모든 들쥐를 다스리는 여왕!"

"어이쿠, 맙소사."

양철 나무꾼이 깜짝 놀라며 허리를 숙여서 인사했어.

"따라서 그대가 내 목숨을 구한 건 엄청나게 용감하고 훌륭한 행동이랍니다."

여왕이 다시 말하는 순간, 들쥐 몇 마리가 조그만 다리로 최대한 빠르게 달리다 여왕을 발견하고 환호성을 올렸어.

"아, 여왕 폐하, 우리는 폐하께서 살해당한 줄 알았습니다! 그렇게 커다란 살쾡이를 어떻게 피하셨습니까?"

이렇게 말하며 들쥐 모두 허리를 바싹 숙이는 모습이 머리를 땅에 대고 거꾸로 서는 것처럼 보였어. 그러자 여왕이 대답했지.

"여기 우스꽝스럽게 보이는 양철 인간이 살쾡이를 죽이고 내 목숨을 구했도다. 그러니 앞으로 이분한테 복종하며 아무리 사소한 걸 시켜도 따르도록 하라."

"네, 알겠습니다!"

들쥐 모두 찍찍대며 날카롭게 합창했어. 그러다 사방으로 재빨리 도망쳐야 했지. 토토가 잠에서 깨어나더니, 주변에 들쥐가 있는 걸 보고 기뻐서 커다랗게 짖어대며 한가운데로 뛰어들었거든. 토토는 캔자스에서 살 때 들쥐 쫓는 걸 언제나 좋아한 터라 그러면 안 된다는 사실을 몰랐던 거야.

양철 나무꾼은 토토를 재빨리 잡아서 두 팔로 단단히 붙들곤 들쥐들을 불렀어.

"돌아와! 어서! 토토는 너희를 해치지 않아."

이 말에 들쥐 여왕이 풀숲 밑으로 머리를 빼꼼 내밀곤 잔뜩 겁먹은

목소리로 물었어.

"그 개가 정말로 우리를 안 무나요?"

"내가 못 물게 할 테니, 겁먹지 마세요."

양철 나무꾼이 대답하자, 들쥐는 한 마리씩 살금 살금 돌아오고, 토토는 다시 짖진 않아도 나무꾼 품에서 벗어나려고 몸부림쳤어. 양철로 만들었다는 사 실을 몰랐다면 그냥 깨물고 말았을 거 야. 그런 가운데 제일 커다란 쥐가 마침내 입을 열고 제안했어.

"우리 여왕님 목숨을 구해주셨으니, 우리가 어떤 일

이든 해서 보답하겠습니다."

"그럴 거 없어."

나무꾼이 대답했지만, 허수아비는 뭔가 떠올리려고 애쓰는데 머리에 지푸라기만 가득해서 아무것도 못 떠올리다 문득 말했어.

"아, 그래. 너희가 우리 친구 겁쟁이 사자를 구해주면 되겠네. 지금 양귀비 꽃밭에서 깊이 잠들었거든."

들쥐 여왕이 깜짝 놀라며 소리쳤어.

"사자를! 맙소사, 우리를 모두 먹어치울 거예요."

허수아비가 단호하게 말했어.

"맙소사, 아니에요, 이 사자는 겁쟁이예요."

"정말요?"

들쥐 여왕이 묻자, 허수아비는 다시 대답했어.

"스스로 그렇게 말해요. 게다가 친구를 해친 적은 한 번도 없어요. 여러분이 구해준다면 사자는 여러분 모두한테 친절하게 대할 거라고 내가 약속해요."

여왕이 말했어.

"좋아요, 당신 말을 믿겠어요. 우리가 어떻게 해야 하죠?"

"당신을 섬기는 들쥐가 몇 마리나 되나요?"

"수천 마리는 돼요."

"그렇다면 여기로 최대한 빨리 불러 모으세요. 각자 기다란 줄을 하나씩 가져오라 하고."

여왕은 시중드는 들쥐들을 돌아보며 당장 가서 모든 백성을 불러모으라고 지시했어. 들쥐들은 그 말을 듣자마자 최대한 빠르게 사방으로 달려가고.

이번에는 허수아비가 양철 나무꾼에게 말했어.

"너는 강가로 가서 나무를 잘라, 사자를 실어올 수레를 만들어."

나무꾼은 나무가 많은 곳으로 당장 가서 열심히 작업했어. 나뭇가지에서 잎사귀와 잔가지를 모두 잘라내며 수레 모양으로 조립한 거야. 그래서 나무못을 단단히 박고 커다란 나뭇등걸을 짧게 잘라서 동그란 바퀴 네 개도 만들며 신속하고 능숙하게 작업한 나머지, 들쥐가 서서히 모여들 즈음에는 수레를 완벽하게 준비했어.

들쥐는 사방에서 달려와, 커다란 쥐, 조그만 쥐, 중간 쥐 등 수천에 달하는데, 각자 입에 기다란 밧줄을 하나씩 물었어. 바로 이때, 도로시가 오랜 잠에서 깨어나며 눈을 뜬 거야. 풀밭 주변에서 들쥐 수천 마리가 잔뜩 겁먹은 눈으로 쳐다보니, 엄청 놀랄 수밖에 없었지. 하지만 허수아비가 사정을 알려주고는 위엄이 가득한 들쥐 여왕을 바라보며 말했어.

"우리 친구를 폐하께 소개하는 걸 허락하소서, 여왕 폐하."

도로시는 엄숙한 표정으로 고개를 숙이고 여왕은 무릎을 살짝 구부리며 인사하더니, 곧이어 둘이서 친하게 지냈어.

허수아비와 나무꾼은 이제 들쥐를 각자 가져온 밧줄로 수레에 묶었어. 한쪽 끝을 들쥐 목에 매고 다른 쪽 끝을 수레에 매는 식이야. 물론 수레가 천 배는 커서 들쥐 한 마리가 끌 순 없겠지만 들쥐가 밧줄을 한꺼번에 잡아당기니 가볍게 움직이는 거야. 조그맣고 이상하게 생긴 말 수천 마리는 허수아비랑 양철 나무꾼이 올라탔는데도 수레를 가볍게 끌며 사자가 곤하게 자는 곳으로 나아갔어.

사자가 무거워서 힘은 엄청나게 들지만, 결국엔 수레에 간신히 끌어 올리자, 여왕은 백성한테 빨리 출발하라고 급하게 명령했어. 양귀비꽃 사이에 너무 오래 머물면 백성 역시 깊은 잠에 빠져들지나 않을까 걱정스러웠거든.

처음에는 조그만 짐승들이, 숫자는 엄청나게 많아도, 사자가 실린 수레를 조금도 못 끄는 거야. 하지만 나무꾼이랑 허수아비가 뒤에서 미니까 서서히 움직이기 시작했어. 사자는 양귀비 꽃밭을 벗어나 푸르른 들판으로 무사히 돌아와, 양귀비꽃에서 흘러나오는 무서운 독 대신 달콤하고 신선한 공기를 마음껏 들이마실 수 있었지.

도로시는 들쥐들에게 다가가서 친구를 구해주어 정말 고맙다고 따듯하게 인사했어. 그동안 커다란 사자랑 정이 많이 들어서 이렇게 살려낸 게 너무나 기뻤거든.

그러자 들쥐들은 수레에서 밧줄을 풀고 풀숲 사이로 황급히 사라지며 집으로 돌아갔어. 들쥐 여왕은 마지막까지 남아서 인사했지.

"우리 도움이 또 필요하면 들판으로 나와서 커다랗게 부르세요. 그러면 우리가 듣고 곧장 달려가서 도울게요. 잘 가세요!"

"잘 있어요!"

모두 인사하고, 여왕이 달려가는 동안 도로시는 토토를 꼭 잡았어, 쫓아가서 겁주지 않도록.

이런 다음, 모두 바닥에 앉아서 사자가 깨어나기만 기다렸어. 허수아비는 나무로 가서 과일을 잔뜩 따오고, 도로시는 그걸로 저녁을 맛있게 먹었지.

10. 수문장

겁쟁이 사자가 깨어나는 데는 시간이 상당히 걸렸어, 양귀비 꽃밭에 누워서 치명적인 향기를 너무 오래 마셨거든. 하지만 결국엔 두 눈을 뜨고 빙글 돌아서 수레를 내려오더니, 자신이 여전히 살아있는 걸 보고 기뻐했지. 그래서 자리 틀고 앉아 하품을 늘어지게 하다 말했어.

"힘껏 달렸는데 꽃이 너무 강했어. 나를 어떻게 끌어낸 거니?"

일행은 들쥐를 어떻게 만나고, 그들이 얼마나 친절하게 도와주었는지 설명했어. 그러자 겁쟁이 사자는 껄껄 웃으면서 말했지.

"나는 내가 정말 커다랗고 무섭다고 늘 생각했는데, 꽃처럼 조그만 식물은 나를 죽일 뻔하고, 들쥐처럼 조그만 동물은 내 목숨을 구해주었어. 하나같이 이상해! 하지만 동지들, 이제 우리 모두 어떻게 해야 할까?"

"노란 벽돌 길을 찾아서 에메랄드 도시로 계속 가야지."

　도로시가 대답했어. 그래서 사자가 충분히 쉬며 기운을 완전히 차리자, 일행은 여행길에 다시 나서며 부드럽고 싱그러운 풀밭을 신나게 걸었어. 노란 벽돌 길이 얼마 뒤에 나타나, 위대한 오즈가 사는 에메랄드 도시로 다시 방향을 잡았지.

　길은 편하고 포장은 잘 되고 주변 풍경은 참으로 아름다웠어. 우중충한 그늘 뒤에 다양한 위험이 깃든 숲에서 멀찌감치 벗어난 것도 참으로 기쁘고. 이윽고 길가에 세운 울타리가 다시 나타나는데, 이번에는 모두 녹색이고, 농부가 사는 게 분명한 농가도 나오는데 마찬가지로 모두 녹색이야. 일행은 농가를 여러 채 지나치며 오후 내내 걷고, 사람들은 문으로 나와서 무언가 묻고 싶은 표정으로 가만히 쳐다보지만, 커다란 사자가 무서워서 가까이 다가오거나 말을 거는 사람은 하나도 없었어. 머리끝부터 발끝까지 하나같이 사랑스러운 에메랄드 녹색인데, 모자는 먼치킨과 마찬가지로 뾰족했어.

"여기는 오즈 나라가 분명해. 에메랄드 도시에 다 온 것 같아."

도로시가 말하자, 허수아비가 대답했어.

"그래. 여기는 모든 게 녹색이야. 먼치킨 나라는 모든 게 파란색이었는데. 하지만 사람들은 먼치킨처럼 다정하지 않은 것 같아. 하룻밤 묵을 곳을 못 찾을까 걱정이야."

"이제 과일 말고 다른 걸 먹고 싶어. 토토도 무척 배고플 테고, 다음 농가가 나오면 잠시 들러서 물어보자."

도로시가 말했어. 그리곤 큼지막한 농가가 나오자 현관문으로 용감하게 걸어가서 똑똑 두드렸지.

어떤 아줌마가 문을 살짝 열고 내다보며 물었어.

"왜 그러니, 얘야, 커다란 사자는 왜 데리고 다니니?"

"아줌마네 집에서 하룻밤 묵고 싶어요, 아줌마가 허락하신다면. 사자는 친구며 길동무로, 무슨 일이 있어도 아줌마를 해치지 않아요."

"사자가 온순하니?"

아줌마가 물으며 현관문을 조금 더 열고, 도로시는 대답했어.

"그럼요, 게다가 엄청난 겁쟁이예요. 저 사자는 아줌마가 겁내는 이상으로 아줌마를 무서워할 거예요."

아줌마는 사자를 다시 쳐다보고 잠시 생각하다 허락했어.

"으음, 그렇다면 안으로 들어오렴. 저녁을 차려주고 잠자리도 내줄 테니."

일행이 들어서니, 안에는 아줌마 말고도 아저씨 한 명과 아이 두 명이 있는데, 아저씨는 다리를 다쳐서 구석 소파에 누워있었어. 하나같이 이상한 일행을 쳐다보며 엄청나게 놀란 표정이었지. 아줌마가 식탁을 열심히 차릴 때 아저씨가 물었어.

"너희 모두 어디로 가는 길이니?"

"에메랄드 도시요, 위대한 오즈를
만나러."

도로시가 대답하자, 아저씨가
깜짝 놀랐어.

"맙소사! 오즈가 너희를
만나준다니?"

"아닌가요?"

"맙소사, 오즈는 곁에
누구도 못 오게 한다는 소문이 있어.
나도 에메랄드 도시에 여러 번 갔는데,
정말 멋지고 아름다운 곳이지만, 위대한
오즈는 한 번도 못 보았어. 오즈를 직접 봤다는 사람도 못 보고."

"밖으로 한 번도 안 나오나요?"

허수아비가 물었어.

"절대로. 화려한 궁전 알현실 옥좌에 앉아서 하루하루를 보내거든.
시중드는 시종조차 직접 본 적이 없어."

"어떻게 생겼는데요?"

도로시가 묻자, 아저씨는 깊이 생각하는 표정으로 대답했어.

"그건 뭐라고 말할 수 없어. 너희도 알다시피, 위대한 마법사라서
마음먹은 대로 변신하거든. 새처럼 보일 때도 있고 코끼리처럼 보일
때도 있고 어떤 사람은 고양이처럼 보인다고도 해. 어떤 사람은 아름다
운 요정이나 브라우니[1] 등 오즈가 마음먹은 대로 보인다고도 하고.
하지만 누가 진짜 오즈인지, 진짜 모습을 언제 드러내는지는 아무도
몰라."

---

1) 밤에 나와서 농가 작업을 몰래 도와준다는 조그만 요정.

"정말 이상하네요. 하지만 우리는 오즈를 어떻게든 만나야 해요. 그러지 않으면 먼 길을 온 게 헛수고가 되니까요."

도로시가 대답하자, 아저씨가 물었어.

"무서운 오즈를 무엇 때문에 만나려는 건데?"

허수아비가 대뜸 대답했지.

"두뇌를 얻으려고요."

아저씨도 대뜸 말했어.

"아, 오즈라면 그 정도는 쉽게 줄 수 있지. 필요한 이상으로 두뇌가 많거든."

양철 나무꾼도 말했어.

"심장을 얻으려고요."

아저씨도 대뜸 말했어.

"그건 아무 문제 없을 거야. 오즈는 심장을 잔뜩 모아놨는데, 크기나 모양이 다양하거든."

겁쟁이 사자도 말했어.

"용기를 얻으려고요."

아저씨도 대뜸 말했어.

"오즈는 알현실에 거대한 항아리가 있는데, 용기를 잔뜩 모아놓고 황금 뚜껑으로 덮어놓았어, 흘러내리지 않도록."

도로시도 말했어.

"캔자스로 돌아가려고요."

"캔자스가 어딘데?"

아저씨가 물었어, 깜짝 놀라며.

도로시는 구슬프게 대답했지.

"나도 몰라요. 하지만 거기에 집이 있으니까 캔자스도 어딘가 분명

91

히 있어요."

"그렇겠지. 으음, 오즈는 무엇이든 할 수 있으니까 캔자스를 찾아서 너를 돌려보내 줄 거야. 하지만 그러려면 오즈부터 만나야 하는데, 그건 정말 어려워. 위대한 마법사 오즈는 혼자 지낼 뿐, 누구도 안 만나거든. 그런데 너는 원하는 게 뭐니?"

아저씨가 토토에게 물었어. 토토는 꼬리만 흔들고 이상하게 들리겠지만 토토는 말을 못 하거든.

바로 그때 아줌마가 저녁을 준비했다고 말해, 일행은 식탁에 둘러앉고, 도로시는 죽 한 그릇이랑 달걀부침 한 접시랑 하얀 빵 한 접시 등 다양한 요리를 맛나게 먹었어. 사자는 죽을 먹긴 했는데 맛이 없는지, 귀리로 만든 죽이라며, 귀리는 말이 먹는 거지 사자가 먹는 건 아니라며 투덜댔어. 허수아비랑 양철 나무꾼은 하나도 안 먹었어. 토토는 모든 음식을 조금씩 먹고 맛난 걸 다시 먹는 게 참으로 기뻤거든.

아줌마가 잠자리도 내주어 도로시는 침대에 눕고, 토토는 옆에 누웠어. 사자는 아무도 방해하지 않도록 도로시 방문 앞에 엎드리고. 허수아비랑 양철 나무꾼은 모서리에 우두커니 서서 밤을 꼬박 새웠지. 둘 다 잠자는 걸 모르거든.

다음 날 아침, 태양이 뜨자마자 일행은 길을 다시 나서고, 얼마 뒤엔 하늘에서 녹색 빛이 아름답게 반짝거렸어. 도로시가 감탄했지.

"에메랄드 도시가 저기에 있는 게 분명해."

일행은 계속 걷고, 녹색 빛은 그만큼 환하게 반짝이니, 마침내 여행 길도 끝나는 것 같았어. 하지만 도시를 둘러싼 거대한 성벽 앞에 도달한 건 오후로 넘어간 다음이었어. 성벽은 아주 높고 두터운데, 모두 환한 녹색이야.

바로 앞에, 노란 벽돌 길이 끝나는 지점에 커다란 성문이 있는데, 에메랄드를 잔뜩 박아서 햇살에 너무 심하게 반짝거려, 허수아비가 물감으로 그린 눈조차 못 뜰 정도였어.

성문 옆에 종이 있어서 도로시가 단추를 누르니, 쨍그랑 소리가 안에서 낭랑하게 일어났어. 그러자 거대한 성문이 천천히 열려서 모두 안으로 들어가니, 천장이 동그랗고 높다란 방이 나오는데, 벽마다 에메랄드가 수없이 박혀서 반짝거렸어.

앞에는 먼치킨처럼 조그만 사내가 있는데, 머리끝부터 발끝까지 온통 녹색 차림인 건 물론이고 피부조차 녹색 빛깔이야. 옆에는 커다란 녹색 상자가 있고.

사내는 도로시 일행을 보고서 물었어.

"에메랄드 도시에는 무슨 일로 왔소?"

"위대한 오즈님을 만나러 왔습니다."

도로시가 대답하자, 사내는 깜짝 놀라며 곰곰이 생각하다 당혹스러운 표정으로 고개를 절레절레 흔들면서 말했어.

"오즈님을 만나러 왔다는 사람은 오랜만이오. 오즈님은 정말 강력하고 무서우시니, 행여나 쓸데없는 일이나 멍청한 일로 찾아와서 지혜롭게 명상하시는 걸 방해한다면, 위대한 마법사님께서 엄청 화나신 나머지 그 자리에서 모조리 죽일 수도 있소."

"하지만 우리가 찾아온 건 쓸데없는 일이나 멍청한 일 때문이 아니라 정말 중요한 일 때문입니다. 우리 모두 오즈님이 착한 마법사라고 들었고요."

허수아비가 대답하자, 녹색 사내도 인정했어.

"그건 맞소. 오즈님은 에메랄드 도시를 지혜로 훌륭하게 통치하시오. 하지만 정직하지 않은 자나 호기심으로 접근하는 자한테는 굉장히 무서우셔서 지금까지 오즈님을 만나겠다고 감히 말하는 사람이 없었소. 나는 수문장이며, 여러분은 위대한 오즈님을 만나겠다니, 내가 궁전으로 데려가겠소. 하지만 그러기 전에 안경부터 써야 하오."

"왜요?"

도로시가 물었어.

"에메랄드 도시는 너무 환하고 멋지게 반짝거려 안경을 안 쓰면 눈이 먼다오. 여기에 사는 사람조차 밤낮없이 안경을 쓴다오. 그래서 자물쇠를 채운다오. 도시를 처음 건설할 때 오즈님이 그렇게 명령하셨기 때문인데, 그걸 푸는 열쇠는 오로지 나한테만 있소."

수문장이 커다란 상자를 열어, 도로시가 쳐다보니, 거기에 안경이 가득한데 크기와 모양이 다양했어. 물론 안경에 달린 알 역시 하나같이 녹색이고. 수문장은 도로시에게 딱 맞을 안경을 하나 꺼내서 두 귀에 걸쳐주었어. 그리고 안경다리에 달린 황금 줄 두 개를 뒷머리로 돌리더니, 수문장이 목에 두른 줄 끝에 달린 조그만 열쇠로 자물쇠를 단단히 채웠어. 도로시는 안경을 마음대로 벗을 수 없지만, 에메랄드 도시에서 반짝이는 광채에 눈이 멀고 싶은 마음 역시 당연히 없어, 아무 말도 안 했어.

녹색 수문장은 허수아비와 양철 나무꾼과 사자는 물론 조그만 토토까지 안경을 씌우고 자물쇠를 단단히 채웠어.

그런 다음 수문장 자신도 안경을 쓰곤 이제 궁전으로 안내할 준비가 끝났다고 말하더니, 벽에 박은 말뚝에서 커다란 황금 열쇠를 빼내 또 다른 대문을 열고, 일행은 거기를 지나서 에메랄드 도시에 쭉 늘어선 거리로 들어섰어.

11. 오즈의 놀라운 에메랄드 도시

　녹색 안경이 보호하는데도 도로시와 친구들은 훌륭한 도시에서 반짝이는 광채에 눈이 부셨어. 거리마다 아름다운 건물이 쭉 늘어섰는데, 하나같이 녹색 대리석으로 지어서 반짝이는 에메랄드를 곳곳에 박아 넣었어. 녹색 대리석 판석이 깔린 인도를 걸을 때는 대리석 판석이 만나는 지점마다 에메랄드를 촘촘히 박아서 환한 햇살에 반짝반짝 빛나고, 창문 유리창도 하나같이 녹색에다 도시 위 하늘은 물론 햇살조차 녹색이야.

　남자, 여자, 어린애 할 것 없이 많은 사람이 걸어 다니는데 하나같이 녹색 의상에 녹색 피부야. 그들 모두 이상하고 다채로운 도로시 일행을 묘한 시선으로 쳐다보고, 어린애는 사자를 보는 순간 하나같이 도망쳐서 엄마 뒤에 숨었어. 하지만 말 거는 사람은 하나도 없었지.

　거리에는 상점이 쭉 늘어섰는데, 도로시가 보니 거기에 진열한 상품 역시 모두 녹색이야. 사탕도 녹색이고 팝콘도 녹색이고 신발도 녹색이고 모자도 녹색이고 의상도 녹색이야. 한곳에서는 어떤 사내가 녹색 레모네이드를 파는데, 도로시가 보니, 아이들이 그걸 사면서 내미는 동전 역시 녹색이었어.

말이나 동물은 하나도 없는 것 같았어. 운반할 물건이 있으면 조그만 녹색 수레에 싣고 남자가 뒤에서 미는 식이야. 모든 사람이 하나같이 잘 먹으면서 행복하게 사는 것 같았지.

수문장을 따라서 거리를 여럿 지나자 커다란 건물이 나타나는데, 도시 정중앙에 있는, 위대한 마법사 오즈가 산다는 궁전이었어. 정문 앞에는 병사가 한 명 있는데, 복장도 녹색이고 기다란 수염도 녹색이야. 병사에게 수문장이 말했어.

"낯선 이들이 찾아와서 위대한 오즈님을 만나겠다고 한다."

병사가 대답했어.

"안으로 들어오시면 내가 오즈님께 알리겠습니다."

그래서 궁전 정문을 모두 지나, 카펫도 녹색이고 에메랄드를 잔뜩 박아서 아름다운 가구도 녹색인 널찍한 공간으로 안내했어. 병사는 그곳으로 들어가기 전에 누구나 녹색 매트에 발바닥을 닦도록 하더니, 의자에 모두 앉힌 다음엔 정중하게 말했어.

"모두 편히 쉬고 계시면 내가 알현실로 가서 여러분이 왔다는 걸 오즈님께 알리겠습니다."

그래서 병사가 돌아올 때까지 모두 오랫동안 기다렸어. 결국엔 병사가 돌아오고, 도로시는 이렇게 물었지.

"오즈님을 봤습니까?"

병사가 대답했어.

"맙소사, 아닙니다. 나는 오즈님을 조금도 못 봤습니다. 하지만 내가 말씀드리니, 오즈님께선 장막 뒤에서
말씀하셨습니다. 오즈님은 여러분이
알현하는 걸 기꺼이 허락하신다, 여러
분이 갈망한다면. 하지만 한 번에 한
명씩 오즈님 앞으로 나와야 하며 오즈
님은 하루에 한 명만 만나신다. 따라서 궁전에 며칠 묵어야 하니 먼
길을 힘들게 오신 분들 모두 편히 쉬도록 내가 숙소로 안내한다."

"고맙습니다. 오즈님께서 정말 친절하시네요."

도로시가 사례하고, 병사는 녹색 호루라기를 불자, 여자애 한 명이
나타나는데 녹색 비단 드레스 차림도 예쁘고 녹색 머리칼도 예쁘고
녹색 눈동자도 예뻤지. 여자애는 도로시에게 허리를 나지막이 숙이고
인사하며 말했어.

"저를 따라오시면 숙소로 안내하겠습니다."

도로시는 친구들 모두에게 나중에 보자 인사하고 토토를 품에 안은
다음, 녹색 여자애를 따라 복도를 일곱 개 지나고 층을 세 개나 올라서
궁전 앞면 숙소에 들어섰어. 세상에서 가장 예쁘고 귀여운 방이야.
침대는 푹신하고 편안하며, 시트는 녹색 비단이고, 이불은 녹색 벨벳
이었어. 방 한가운데는 조그만 분수가 있어, 녹색 향수가 공중으로
솟구치다 녹색 대리석 바닥으로 떨어지는데, 조각이 정말 아름다웠어.
창가에는 녹색 꽃이 아름답고, 책장에는 녹색 책이 한 줄로 예쁘장하게
늘어섰어. 도로시는 책을 하나씩 펼치다 이상한 녹색 그림만 가득한
걸 보고서 웃음이 절로 나왔지. 정말 재미있었거든.

옷장에는 녹색 드레스가 많은데 하나같이 비단과 공단과 벨벳으로
만든 거로, 도로시 몸에 딱 맞았어.

"집에 오신 것처럼 편히 쉬세요. 무어든 필요한 게 있으면 종을

울리고요. 오즈님께서 내일 아침에 부르실 겁니다."

녹색 여자애는 이렇게 말하고 도로시만 놔둔 채 나머지 일행에게 돌아갔어. 그래서 한 명씩 안내하니, 누구나 좋은 숙소에서 편하게 묵었지. 물론 이렇게 정중한 대접도 허수아비에게는 낭비였어. 방에 홀로 남자 한 자리에, 입구 바로 안쪽에 멍청하게 서서 아침이 오기만 기다렸거든. 허수아비는 눕는다고 쉬는 게 아니고 눈을 감을 수도 없으니, 조그만 거미가 실내 모서리에 집 짓는 모습을 물끄러미 쳐다보며 밤을 꼬박 새운 거야, 자신이 묵는 방은 세상에서 가장 훌륭한 방이 아니기라도 한 것처럼.

양철 나무꾼은 습관적으로 침대에 누웠어. 자기 몸뚱이가 살과 피로 가득할 때가 기억났거든. 하지만 잠잘 순 없어서 관절이나 제대로 움직이도록 팔다리를 끊임없이 올렸다 내리며 밤을 꼬박 새웠어.

사자는 숲에다 마른 잎사귀를 깐 잠자리가 그리웠어. 방안에 갇힌 게 싫었거든. 하지만 이런 것 때문에 속앓이하는 건 안 좋다는 걸 아는 터라 침대로 펄쩍 뛰어올라 고양이처럼 옆으로 눕자마자 곧장 잠들며 그르렁댔어.

다음 날 아침에 식사를 마치자 녹색 여자애가 데리러 와서 도로시는 제일 예쁜 드레스를 입었어. 무늬가 아름다운 녹색 공단 드레스야. 그런 다음 녹색 비단 앞치마를 두르고 토토 목에 녹색 리본을 묶어주고, 위대한 오즈가 있는 알현실로 출발했어.

처음에는 거대한 홀로 들어서는데, 의상이 화려한 귀부인과 신사로 가득했어. 할 일이라곤 잡담이나 주고받는 게 전부인데도 아침마다 알현실 앞에 나타나서 기다리는 거야, 오즈가 알현을 단 한 번도 허락하지 않았거든. 도로시가 들어서니, 모두 호기심 가득한 눈으로 쳐다보는 가운데, 한 명이 조그맣게 물었어.

"무서운 오즈님 얼굴을 정말 똑바로 바라보려는 거니?"

"당연하죠, 오즈님이 알현을 허락하신다면."

도로시가 대답하자, 어제 마법사에게 전갈을 전한 병사가 말했어.

"아, 오즈님께서 알현을 허락하실 거예요, 사람들이 알현하겠다고 청하는 게 싫으시지만. 이번에도 처음에는 당연히 화내시며 당장 돌려보내라고 말씀하셨어요. 그러더니 당신이 어떻게 생겼느냐 물으셔서, 내가 은 구두를 신었다고 대답하니, 오즈님께서 대단한 관심을 보이셨어요. 당신 이마에 표식이 있다는 말까지 하니, 오즈님께서 알현을 기꺼이 허락하시겠다고 하셨고요."

바로 그때 종이 울리자, 녹색 여자애가 도로시에게 말했어.

"저게 신호입니다. 어서 알현실로 혼자 들어가세요."

녹색 여자애는 조그만 문을 열고, 도로시는 용감하게 들어가니, 훌륭한 공간이 눈앞에 가득했어. 실내는 널찍하고 동그라며, 지붕은 동그랗게 치솟고, 벽과 천장과 바닥은 커다란 에메랄드를 촘촘하게 박아서 완전히 뒤덮었어. 지붕 한가운데는 커다란 등이 달려서 태양처럼 환한 빛을 내뿜어, 에메랄드마다 반짝반짝 빛나는 모습은 더더욱 놀랍기만 하고.

하지만 무엇보다 흥미로운 건 녹색 대리석으로 만들어서 실내 정중앙에 우뚝 세워놓은 옥좌였어. 모양은 의자 같은데, 다른 모든 것과 마찬가지로 온갖 보석이 반짝거렸거든. 옥좌 한가운데는 커다란 머리가 하나 있을 뿐, 그걸 받치는 몸통은 물론 팔이나 다리 같은 것도 없었어. 머리칼은 없지만 얼굴과 두 눈이 있고 코와 입도 하나씩 달렸는데, 머리 자체는 세상에서 제일 커다란 거인 머리보다도 커다랄 것 같았어.

도로시가 잔뜩 놀라고 잔뜩 두려운 눈으로 가만히 쳐다보니, 두 눈이 천천히 돌아가다 날카로운 시선으로 가만히 바라보는 거야. 그러다 입이 움직이고, 도로시는 이렇게 말하는 소리를 들었어.

"나는 오즈님이다, 위대하고 무서운 마법사. 너는 누구며 나를 보자고 한 이유는 무어냐?"

커다란 얼굴에서 당연히 나올 거라고 예상한 만큼 섬뜩한 목소리는 아니라, 도로시는 용기 내서 대답했어.

"저는 도로시입니다, 조그맣고 온순한 여자애. 오즈님께 도움을 청하러 왔습니다."

두 눈이 깊이 생각하는 표정으로 물끄러미 쳐다보았어. 그러다 목소리가 들렸지.

"은 구두는 어디에서 구했느냐?"

"동쪽 나라 나쁜 마녀한테서 구했습니다, 우리 집이 떨어져서 마녀가 죽은 다음에."

도로시가 대답하자, 목소리는 다시 물었어.

"이마에 있는 표식은 어디에서 생겼느냐?"

"북쪽 나라 착한 마녀가 오즈님을 찾아가라면서 뽀뽀할 때 생겼습니다."

도로시가 대답하니, 두 눈이 날카롭게 쳐다보다가 사실대로 말한다는 걸 깨닫고 다시 물었어.

"나한테 바라는 게 무어냐?"

도로시는 열심히 대답했어.

"캔자스로, 엠 숙모와 헨리 삼촌이 있는 곳으로 저를 보내주세요.

저는 오즈님 나라가 싫어요, 아름답긴 하지만. 게다가 엠 숙모는 내가 오랫동안 안 보여서 끔찍하게 걱정할 테고요."

두 눈이 세 번 끔벅거리더니, 천장을 올려다보고 바닥을 내려다보고 정말 이상하게 빙글빙글 도는 게 실내 곳곳을 둘러보는 것 같았어. 그러다 도로시를 다시 쳐다보며 물었지.

"내가 왜 너를 도와야 하느냐?"

"오즈님은 강력하고 저는 약하니까요. 오즈님은 위대한 마법사고 저는 조그만 여자애니까요."

"하지만 너는 동쪽 나라 나쁜 마녀를 죽일 정도로 힘이 강력하다."

오즈가 말하자, 도로시는 가볍게 대답했어.

"우연히 그런 겁니다. 저도 어쩔 수 없었습니다."

"으음, 답을 주겠다. 너는 캔자스로 돌려보내 달라고 요구할 권리가 없다, 그 대가로 나한테 중요한 일을 해주지 않는 한. 이 나라에선 무엇을 얻으려면 누구나 대가를 치러야 한다. 내가 마법을 부려서 집으로 돌려보내길 바란다면 너는 나를 위해 중요한 일부터 해야 한다. 네가 나를 돕는다면 나도 너를 돕겠다."

"제가 무슨 일을 해야 하나요?"

도로시가 묻자, 오즈가 대답했어.

"서쪽 나라 나쁜 마녀를 죽여라."

"말도 안 돼요!"

도로시가 소리쳤어. 깜짝 놀랐거든.

"너는 동쪽 나라 나쁜 마녀를 죽이고 은 신발을 신었는데, 거기엔 강력한 마법이 있다. 이제 나쁜 마녀가 이 땅에 한 명 남았으니, 그 마녀가 죽는다면 내가 너를 캔자스로 돌려보내겠지만…… 그 전엔 어림도 없다."

도로시는 엉엉 울었어, 너무나 실망스러웠거든. 그러자 커다란 머리가 두 눈을 다시 깜박거리며 불안하게 쳐다보는 게, 위대한 오즈는 도로시가 마음만 먹으면 충분히 해낼 수 있다고 생각하는 것 같았어. 그래서 도로시는 엉엉 울며 사정했어.

"나는 일부러 무얼 죽인 적이 한 번도 없어요. 설사 내가 그러고 싶다 해도 나쁜 마녀를 내 힘으로 어떻게 죽이겠어요? 오즈님처럼 위대하고 무서운 마법사도 죽일 수 없는데, 도대체 내가 어떻게 죽이겠어요?"

"그건 모르겠다만, 나는 이미 대답했으니, 나쁜 마녀가 죽을 때까지 너는 숙모와 삼촌을 볼 수 없다. 서쪽 나라 마녀는 사악하니 ─ 엄청나게 사악하니 ─ 확실하게 죽여야 한다는 사실을 명심하라. 이제 나가라, 맡은 일을 다 할 때까지 나를 찾아오지 말고."

도로시는 슬픔에 빠지든 채 알현실을 나와서 일행에게 돌아가더니, 오즈가 뭐라고 했는지 궁금해서 열심히 기다리는 사자와 허수아비와 양철 나무꾼에게 슬픈 목소리로 말했어.

"이제 나는 희망이 없어. 오즈님은 내가 서쪽 나라 나쁜 마녀를 죽일 때까지 캔자스로 돌려보내지 않겠다는데, 나는 그럴 힘이 조금도 없거든."

친구들은 마음만 안타까울 뿐 도울 방법이 없어, 도로시는 자기 방으로 돌아가서 침대에 누워 엉엉 울다 잠들었어.

다음 날 아침엔 녹색 수염 병사가 허수아비를 찾아와서 말했어.

"나를 따라오세요, 오즈님이 부르십니다."

그래서 허수아비는 병사를 따라가 웅장한 알현실로 들어서니, 에메랄드 옥좌에 앉은 너무나 사랑스러운 숙녀가 보이는 거야. 얇은 녹색 비단 드레스를 입고, 녹색 머리카락은 밑으로 흘리고 위에 보석 왕관을 썼어. 등에는 날개 한 쌍이 돋아났는데, 색상이 찬란하고 너무나 가벼워서 공기가 조금만 살랑여도 팔락일 정도야.

허수아비는 몸속에 가득한 지푸라기가 허용하는 선에서 최대한 예쁘게 허리 숙이며 인사하고, 너무나 아름다운 숙녀는 다정하게 바라보다 말했어.

"나는 오즈님이다, 위대하고 무서운 마법사. 너는 누구며 나를 보자고 한 이유는 무어냐?"

허수아비는 도로시가 말한 커다란 머리를 예상한 터라 더없이 놀랐지만 용감하게 대답했어.

"저는 허수아비입니다, 몸속에 지푸라기만 가득한. 그래서 두뇌가 없어, 오즈님이 제 머리에 지푸라기 대신 두뇌를 집어넣어, 저도 다른 사람처럼 살아가도록 해주시길 부탁하려고 왔습니다."

"내가 왜 너를 도와야 하느냐?"

아름다운 숙녀가 묻자, 허수아비가 대답했어.

"오즈님은 지혜롭고 강력하니, 오즈님 아니면 누구도 저를 도울 수 없으니까요."

"나는 대가를 안 받고 은혜를 베푼 적이 없다. 하지만 이건 분명히 약속하겠다. 네가 서쪽 나라 나쁜 마녀를 죽인다면 나는 엄청나게 많은 두뇌에서 제일 좋은 두뇌를 주고, 너는 오즈 나라 전체에서 가장 지혜로운 사람으로 살아가리라."

허수아비는 깜짝 놀랐어.

"나쁜 마녀는 도로시한테 죽이라고 하셨잖아요."

"그랬다. 나쁜 마녀를 누가 죽이든 나는 상관하지 않는다. 중요한 건 나쁜 마녀가 죽을 때까지 나는 너희 소원을 안 들어준다는 거다. 이제 나가라, 네가 그렇게 갈망하는 두뇌를 얻을 자격이 생길 때까지 찾아오지 말고."

허수아비는 슬픔에 빠져든 채 일행에게 돌아가더니, 오즈가 한 말을 그대로 전하고, 도로시는 위대한 마법사가 커다란 머리가 아니라 아름다운 숙녀였다는 말을 듣고 깜짝 놀랐어. 결국, 허수아비는 이렇게 말했지.

"아름다운 숙녀 역시 양철 나무꾼만큼이나 심장이 부족한 거야."

다음 날 아침엔 녹색 수염 병사가 양철 나무꾼을 찾아와서 말했어.

"오즈님이 부르십니다. 나를 따라오세요."

양철 나무꾼은 병사를 따라가 웅장한 알현실로 들어섰어. 눈앞에 보이는 게 커다란 머리일지 사랑스러운 숙녀일지 궁금했는데, 이왕이면 사랑스러운 숙녀가 좋을 것 같았어. '머리가 나타나면 심장을 안 줄 게 분명해, 머리에는 심장이 없어서 나를 불쌍히 여기지 않을 테니까. 하지만 사랑스러운 숙녀라면 심장을 달라고 열심히 사정하는 거야. 숙녀는 마음이 다정하다고 누구나 자랑하니까' 하는 생각이 들었거든.

하지만 양철 나무꾼이 들어서니, 웅장한 알현실에서 옥좌에 앉은 건 커다란 머리도 아름다운 숙녀도 아니었어. 정말 무서운 맹수 모습이었거든. 덩치는 코끼리만큼 커서 녹색 옥좌가 무게를 못 견딜 것 같고 머리는 코뿔소처럼 생겼는데, 문제는 얼굴에 눈이 다섯 개나 달렸다는 거야. 몸에서 기다랗게 뻗어 나온 팔도 다섯 개, 늘씬하게 뻗어 나온 다리도 다섯 개. 온몸엔 양털 같은 게 무성하게 덮었어. 한 마디로, 상상조차 할 수 없을 정도로 무섭게 생긴 괴물이야. 다행스러운 건 양철 나무꾼에게 심장이 없다는 거야. 그게 있다면 너무 무서워서 열심히 쿵쾅거릴 수밖에 없었거든. 하지만 양철로 만든 터라 나무꾼은 조금도 겁먹지 않았어. 크게 실망스러울 뿐이지.

맹수는 커다랗게 포효하는 목소리로 말했어.

"나는 오즈님이다, 위대하고 무서운 마법사. 너는 누구며 나를 보자고 한 이유는 무어냐?"

"저는 나무꾼입니다, 양철로 만든. 그래서 심장이 없어, 사랑할 수 없습니다. 저한테 심장을 주시어, 제가 다른 백성처럼 살아가도록 오즈님께 간청합니다."

"내가 왜 너를 도와야 하느냐?"

맹수가 묻자, 양철 나무꾼이 대답했어.

"제가 부탁하고, 오로지 오즈님 한 분만 그 부탁을 들어주실 수 있기 때문입니다."

이 말에 오즈는 나지막이 으르렁대며 좋아했지만, 말하는 건 무뚝뚝했어.

"심장을 받고 싶은 마음이 간절하다면 자격부터 갖춰라."

"어떻게요?"

"도로시와 함께 서쪽 나라 나쁜 마녀를 죽여라. 마녀가 죽으면 다시 찾아오라. 그러면 내가 너한테 오즈 나라 전체에서 제일 커다랗고 제일 다정하고 제일 사랑스러운 심장을 주겠다."

그래서 양철 나무꾼은 슬픔에 빠져든 채 친구들에게 돌아가, 무서운 맹수가 한 말을 그대로 전했어. 위대한 마법사가 도대체 얼마나 많은 모습으로 변신할 수 있는지 친구들 모두 궁금한 가운데, 사자는 이렇게 말했지.

"나한테도 맹수 모습으로 나타난다면, 내가 정말 무섭게 울부짖어서 오즈가 겁에 질린 나머지 모든 요청을 그대로 들어주게 하겠어. 아름다운 숙녀로 나타난다면 대뜸 달려드는 척해서 소원을 들어줄 수밖에 없게 하고, 커다란 머리로 나타난다면 나한테 자비를 빌어야 할 거야.

우리 소원을 모두 들어주겠다고 약속할 때까지 머리통을 이리저리 굴릴 테니까. 그러니 모두 기운 내, 친구들, 잘될 거야."

다음 날 아침에도 녹색 수염 병사가 나타나서 사자를 웅장한 알현실로 안내해 안으로 들어가게 했어.

사자는 문을 지나자마자 주변을 둘러보는데, 놀랍게도 옥좌 앞에 커다란 불덩이가 있는 거야. 불길이 너무 무섭게 이글거려 똑바로 볼 수도 없었어. 처음에는 오즈가 사고로 불길에 휩싸였다는 생각이 들어서 가까이 다가가려다 수염이 그을려, 사자는 부르르 떨며 문 옆으로 물러났어.

그러자 불덩이에서 차분한 목소리가 나지막이 흘러나오는데, 이런 내용이야.

"나는 오즈님이다, 위대하고 무서운 마법사. 너는 누구며 나를 보자고 한 이유는 무어냐?"

사자가 대답했어.

"저는 겁쟁이 사자입니다, 무엇이든 겁내는. 저한테 용기를 주시어, 제가 흔히 말하는 맹수의 왕으로 살아가도록 간청하려고 오즈님을 찾아왔습니다."

"내가 왜 너를 도와야 하느냐?"

오즈가 묻자, 사자가 대답했어.

"모든 마법사 가운데 오즈님이 가장 위대하며, 오로지 오즈님만 제 부탁을 들어주실 수 있기 때문입니다."

불덩이가 잠시 무섭게 타오르더니, 목소리가 말했어.

"서쪽 나라 나쁜 마녀가 죽었다는 증거를 가져오라. 그러면 너한테 곧바로 용기를 주겠다. 하지만 마녀가 살아있는 한, 너는 겁쟁이로 살아야 한다."

이 말을 듣고서 사자는 잔뜩 화났지만 아무런 대답도 할 수 없어 물끄러미 바라보는데, 불덩이가 갑자기 뜨겁게 달아올라, 재빨리 꼬랑지를 내리고 밖으로 도망쳤어. 기다리는 친구들을 보고서 너무나 기쁜 나머지, 마법사랑 만난 게 얼마나 끔찍했는지 단번에 말하고, 도로시는 슬픈 어조로 물었어.

"인제 어쩌지?"

"우리가 할 수 있는 건 딱 하나야. 윙키 나라로 가서 나쁜 마녀를 죽이는 거."

사자가 말하자, 도로시가 물었어.

"하지만 우리가 못 죽이면?"

"나는 용기를 못 얻겠지."

사자가 선언했어.

"나는 두뇌를 못 얻겠지."

허수아비가 덧붙였어.

"나는 심장을 못 얻겠지."

양철 나무꾼도 말했어.

"나는 엠 숙모랑 헨리 삼촌한테 못 돌아가고."

도로시도 말하더니 엉엉 울었어. 그러자 녹색 여자애가 소리치는 거야.

"조심하세요! 눈물이 떨어지면 비단 드레스에 얼룩이 지잖아요."

그래서 도로시는 눈물을 닦으며 말했어.

"도전할 수밖에 없겠어. 하지만 나는 누구도 죽이고 싶은 마음이 안 들 거야, 엠 숙모를 두 번 다시 못 보더라도."

그러자 사자가 말했어.

"나도 함께 갈게. 하지만 나는 겁이 너무 많아서 마녀를 못 죽일

거야."

허수아비도 선언했어.

"나도 가겠어. 하지만 별다른 도움은 안 될 거야, 나는 너무나 멍청해서."

양철 나무꾼도 말했어.

"나는 심장이 없어서 마녀를 해칠 수 없지만, 너희가 간다면 당연히 같이 가겠어."

그래서 다음 날 아침에 길을 나서기로 결정하고, 나무꾼은 녹색 숫돌에 도끼를 날카롭게 갈고 관절이 제대로 움직이도록 기름을 듬뿍 쳤어. 허수아비는 지푸라기를 새것으로 갈고 도로시는 물감으로 눈을 새로 그려서 훨씬 잘 보이게 해주었어. 녹색 여자애는 친절하게도 도로시 바구니에 맛난 음식을 잔뜩 넣어주고, 토토 목에 종이 조그맣게 달린 녹색 리본을 단단히 매주었어.

친구들은 잠자리에 일찍 들어서 날이 밝을 때까지 곤하게 자다,

궁전 뒷마당에서 녹색 수탉이 홰치고 암탉은 녹색 알을 낳고서 꼬꼬댁
울어대는 소리에 깨어났어.

12. 나쁜 마녀를 찾아서

녹색 수염 병사는 일행을 데리고 에메랄드 도시를 지나서 수문장이 있는 곳으로 나아갔어. 수문장은 자물쇠를 하나씩 풀어서 안경을 커다란 상자에 모두 집어넣고는 우리 친구들이 나가도록 성문을 정중하게 열어주었지.

"서쪽 나라 나쁜 마녀를 찾으려면 어느 길로 가야 하나요?"

도로시가 묻자, 수문장이 대답했어.

"길은 없소. 그쪽으로 가려는 사람이 없으니 말이오."

"그렇다면 나쁜 마녀를 어떻게 찾아

가나요?"

도로시가 묻자, 수문장이 다시 대답했어.

"그건 쉽소. 윙키 나라에 들어서면 마녀가 눈치채곤 당신네를 찾아서 노예로 만들 테니 말이오."

"그러진 못할 거예요. 우리가 죽일 거니까."

허수아비가 말하자, 수문장이 대답했어.

"아, 그렇다면 얘기가 다르겠군요. 지금까지 마녀를 죽인 사람은 아무도 없어. 나는 마녀가 다른 사람한테 그런 것처럼 당신들 역시 노예로 만들 거로 생각할 수밖에 없었소. 하지만 조심하시오. 마녀는 사악하고 잔인해서 여러분 손에 가만히 죽진 않아요. 태양이 떨어지는 서쪽으로 계속 가면 마녀가 틀림없이 나타날 거요."

일행은 수문장에게 고맙다 하고 작별인사까지 한 다음에 서쪽으로 방향을 잡아, 들국화랑 미나리아재비가 곳곳에 피고 풀밭은 부드러운 들판을 오랫동안 걸었어. 도로시는 궁전에서 입은 예쁜 비단 드레스를 그대로 입었는데 놀랍게도 녹색이 모두 사라지고 새하얀 색만 가득한 거야. 토토 목에 둘러맨 리본 역시 도로시 드레스처럼 새하얗게 변하고 말이야.

일행은 얼마 뒤에 에메랄드 도시에서 멀리 벗어났어. 앞으로 나아가는 동안 땅은 점차 울퉁불퉁하게 변하고 언덕도 많이 나타났어. 서쪽 나라에는 농장도 없고 농가도 없으며, 땅을 경작하지도 않았거든.

오후가 되면서 태양은 뜨겁게 내리쬐는데 그늘을 드리운 나무 한 그루 없어, 밤이 되기도 전에 도로시와 토토와 사자는 완전히 지쳐서 풀밭에 쓰러진 채 곤히 잠들고, 나무꾼과 허수아비는 보초를 섰어.

서쪽 나라 나쁜 마녀는 눈이 하나밖에 없지만 시력이 좋아서 망원경처럼 사방을 둘러볼 수 있었지. 그래서 성문 계단에 앉아 주변을 둘러보다 도로시는 곤히 자고 주변엔 친구들도 있는 모습을 우연히 발견했어. 거리가 아주 멀지만 나쁜 마녀는 그들이 자기 나라로 들어온 걸 보고 잔뜩 화나, 목에 걸친 은 호루라기를 한차례 불었어.

그 즉시 커다란 늑대가 사방에서 달려왔어. 다리는 기다랗고 눈매는 매섭고 이빨은 날카로웠지.

"저들한테 달려가서 갈가리 찢어발겨라."

마녀가 지시하자, 늑대 우두머리가 물었어.

"저들을 노예로 만드실 생각입니까?"

"아니다, 하나는 양철이고 하나는 지푸라기고 하나는 여자애고 또 하나는 사자다. 부려먹을 놈이 하나도 없으니 온몸을 갈가리 찢어발기도록 하라."

"알겠습니다."

우두머리 늑대가 대답하곤 전속력으로 달려가자, 부하들도 일제히 쫓아갔어.

다행히도 허수아비랑 나무꾼은 말짱하게 깨어있다 늑대들이 달려오는 소리를 들었어.

"이건 내가 해결하지. 오는 족족 처리할 테니, 뒤로 물러나."

나무꾼이 말하곤 날카롭게 갈아놓은 도끼를 집어 들더니, 늑대 우두머리가 달려드는 순간에 휘둘러서 그 머리를 댕강 잘랐어. 도끼를 다시 들어 올리는 순간에 다른 늑대가 달려들다 날카로운 도끼날에 똑같이 나뒹굴고 늑대는 모두 40마리라 나무꾼 역시 도끼를 40번 휘두르니, 결국 모두 죽어서 나무꾼 앞에 산더미처럼 쌓였지.

그때 비로소 나무꾼이 도끼를 내려놓고 옆에 앉자, 허수아비가 말했어.

"잘 싸웠네, 친구."

　그들은 다음 날 아침에 도로시가 깨어날 때까지 기다렸어. 도로시는 털이 덥수룩한 늑대가 산더미처럼 쌓인 걸 보고 잔뜩 겁났어. 하지만 양철 나무꾼은 왜 그런지 모두 알려주고, 도로시는 모두를 구해주어 정말 고맙다고 말하곤 자리에 앉아서 아침을 먹은 다음, 다시 길을 나섰어.

　똑같은 아침에 나쁜 마녀는 성문에서 나와 하나밖에 없는 눈으로 주변을 멀찌감치 둘러보았어. 그런데 늑대는 모두 죽어서 산더미처럼 쌓이고, 침입자는 자기 나라로 계속 들어오는 거야. 나쁜 마녀는 한층 더 화나서 은 호루라기를 두 번 불었어.

　엄청난 까마귀 떼가 하늘을 새까맣게 덮으며 곧장 날아왔어. 나쁜 마녀는 까마귀 왕에게 지시했어.

　"침입자한테 곧장 날아가서 그 눈을 쪼아먹고 살을 갈가리 찢어발겨라."

　까마귀 떼는 거대한 무리를 이루며 도로시랑 친구들에게 날아갔어. 그들이 날아오는 모습을 보고 도로시는 겁에 질렸지. 하지만 허수아비가 말했어.

"이건 내가 해결할 테니, 옆에 모두 바싹 엎드려서 해를 안 입도록 조심해."

친구들이 바닥에 모두 엎드리니, 허수아비 혼자 우뚝 서서 두 팔을 내밀었어. 까마귀는 허수아비를 보는 순간 잔뜩 겁먹었어. 새는 허수아비를 늘 무서워하는 법이거든. 그래서 감히 못 달려들자, 까마귀 왕이 소리쳤어.

"저건 지푸라기만 가득한 허수아비다. 내가 그 눈을 쪼아먹겠다."

그러면서 까마귀 왕이 달려들자, 허수아비는 그 머리를 잡더니 목을 가볍게 비틀어 죽였어. 다른 까마귀가 달려들고, 허수아비는 이번에도 목을 비틀었어. 까마귀는 모두 40마리라 허수아비 역시 목을 40번 비틀어, 마침내 까마귀가 모두 죽어서 허수아비 앞에 수북하게 쌓였어. 허수아비는 친구들에게 일어나라 말하고 다시 길을 나섰어.

나쁜 마녀는 다시 살피다 까마귀 떼가 모두 죽어서 수북이 쌓인 걸 보고 끔찍하게 화나, 은 호루라기를 세 번 불었어.

곧이어 윙윙대는 소리가 공중에 엄청나게 일더니, 새까만 벌 떼가 나쁜 마녀에게 잔뜩 날아들었어.

"침입자한테 당장 날아가서 죽을 때까지 벌침을 쏘아라!"

나쁜 마녀가 명령하자, 벌 떼는 방향을 돌려서 도로시가 친구들과 오는 곳으로 빠르게 날아갔어. 하지만 나무꾼은 벌 떼가 날아오는 걸 일찌감치 알아보고 허수아비는 계획을 세운 다음이었지. 나무꾼에게 말한 거야.

"내 몸에서 지푸라기를 모두 뽑아내 도로시랑 토토랑 사자한테 덮어 줘. 그러면 벌이 침을 못 쏠 거야."

나무꾼은 그대로 하고, 도로시는 토토를 꼭 안고 사자 바로 옆에 눕자, 지푸라기가 온몸을 완벽하게 덮었어.

벌들이 날아오니 침을 쏠 상대라곤 양철 나무꾼 하나밖에 안 보여, 모두 날아가서 열심히 쏘아댔지만, 양철에 침만 부러질 뿐 나무꾼은 조금도 해칠 수 없었어. 그런데 벌은 침이 부러지면 살 수 없어, 까만 벌 떼는 모두 죽어서 나무꾼 주변에 수북하게 쌓였어, 바닥에 조그만 석탄 알갱이가 쌓인 것처럼.

도로시와 사자는 벌떡 일어나, 양철 나무꾼과 함께 허수아비 몸뚱이에 지푸라기를 넣어주어, 허수아비도 되살아났어. 그래서 일행은 길을 또다시 나섰어.

나쁜 마녀는 까만 벌 떼가 조그만 석탄 알갱이처럼 수북하게 쌓인 걸 보고 너무 화나서 발을 쾅쾅 구르고 머리칼을 쥐어뜯고 이를 부드득 갈았어. 그런 다음에 노예 열두 명을 - 윙키 출신 노예를 - 부르더니 뾰족한 창을 하나씩 주며 침입자한테 당장 달려가서 죽이라고 명령했어.

윙키 열두 명은 용감한 사람들이 아니지만, 나쁜 마녀가 명령하는 대로 할 수밖에 없었어. 그래서 열심히 행진하다 도로시 일행과 마주쳤어. 사자는 대뜸 커다랗게 울부짖으며 펄쩍 뛰어서 달려들고, 불쌍한 윙키는 잔뜩 겁먹고 죽을 힘을 다해 도망쳤지.

성으로 돌아오자, 나쁜 마녀는 채찍으로 때린 다음에 일터로 돌려보내더니, 계단에 앉아서 이제 어떻게 할까 곰곰이 생각했어. 침입자를 죽이려는 계획이 하나같이 실패한 원인을 도무지 이해할 수 없었거든. 하지만 나쁜 마녀는 마법이 강력하고 사악해, 앞으로 내릴 조치를 단호하게 결정했어.

나쁜 마녀 찬장에는 다이아몬드와 루비를 동그랗게 박아놓은 황금 모자가 있는데, 여기엔 마법이 담겼어. 황금 모자를 소유한 사람은 누구든 날개 달린 원숭이를 세 번 불러서 어떤 명령이든 내릴 수 있는 거야. 물론 날개 달린 원숭이는 명령에 복종하고. 하지만 누구도 이들을 세 번 이상 불러서 명령할 순 없었어. 나쁜 마녀가 이들을 처음 부른 건 윙키 나라를 점령하고 윙키를 노예로 만들 때였어. 날개 달린 원숭이는 당연히 마녀가 시키는 대로 하고. 두 번째로 부른 건 나쁜 마녀가 위대한 오즈랑 싸워, 서쪽 나라에서 몰아낼 때였어. 물론 날개 달린 원숭이는 이번에도 마녀가 시키는 대로 하고. 이제 나쁜 마녀가 황금 모자를 사용할 기회는 딱 한 번 남은 거야. 그래서 다른 힘이 모두 실패할 때까지 황금 모자를 사용하고 싶지 않았던 거야. 하지만 무서운 늑대 무리도 사나운 까마귀 떼도 벌침이 무서운 벌 떼도 몽땅 죽고 노예들까지 겁쟁이 사자에게 잔뜩 겁먹고 도망치니, 도로시와 그 친구들을 죽일 방법은 이제 딱 하나밖에 없다는 사실을 깨달은 거야.

나쁜 마녀는 찬장에서 황금 모자를 꺼내 머리에 썼어. 그리곤 왼발로 서서 주문을 천천히 읊조렸지.

"에프-페, 페프-페, 카크-케!"

다음엔 오른발로 서서 읊조렸어.

"힐-로, 홀-로, 헬-로!"

그런 다음엔 두 발로 서서 소리쳤어.

"지즈-지, 주즈-지, 지크!"

그러자 마법이 일어났어. 하늘이 새까맣게 변하더니, 공중에서 우르르 소리가 나지막이 일어나는 거야. 날개를 펄럭이는 소리와 함께 재잘대며 웃는 소리가 시끄럽게 몰려들더니, 어두운 하늘에서 태양이 나오자, 나쁜 마녀를 잔뜩 에워싼 원숭이 무리가 보이는데, 등마다 커다랗고 강력한 날개가 두 개씩 달렸어.

덩치가 훨씬 커다란 원숭이 한 마리가 우두머리처럼 마녀 바로 앞으로 날아와서 물었어.

"당신은 우리를 세 번째자 마지막으로 불렀습니다. 명령할 게 무업니까?"

"내 땅이 들어온 침입자한테 당장 날아가서 사자만 빼고 모두 죽여라. 그래서 사자를 나한테 데려오라, 마구를 씌워서 말처럼 부려먹고 싶으니."

"명령대로 하겠습니다."

우두머리가 대답하더니, 날개 달린 원숭이 무리 모두 엄청 시끄럽게 재잘대는 소리와 함께 도로시가 친구들과 걷는 곳으로 단숨에 날아갔어.

원숭이 몇 마리는 양철 나무꾼을 잡아서 공중으로 들어 올려 날카로운 바위가 가득한 곳으로 날아가서 그대로 떨어뜨려, 불쌍한 나무꾼은 까마득한 공중에서 바위로 떨어지는 순간, 온몸이 부러지고 찌그러져서 꼼짝하는 건 둘째치고 앓는 소리조차 못 냈어.

다른 원숭이 몇 마리는 허수아비를 잡아서 옷이랑 머리에 가득한 지푸라기를 기다란 손가락으로 모두 잡아빼고, 모자랑 장화랑 옷을 둘둘 말아서 커다란 나무 꼭대기로 던졌어.

나머지 원숭이 몇 마리는 사자에게 단단한 밧줄을 이리저리 던져서 온몸은 물론 머리와 다리까지 꽁꽁 묶어, 물 수도 없고 할퀼 수도 없고 몸부림칠 수도 없게 했어. 그런 다음 공중으로 들어서 마녀가 있는 성으로 날아가더니, 쇠창살을 높이 둘러친 조그만 마당에 사자를 내려놓았어, 도망칠 수 없도록.

하지만 원숭이 무리는 도로시를 조금도 해칠 수 없었어. 도로시는 토토를 꼭 껴안은 채 동무들이 슬픈 운명에 처하는 광경을 그대로

지켜보며, 이제 자신도 그렇게 되겠다고 생각했어. 날개 달린 원숭이 우두머리도 앞으로 날아가서 털북숭이 기다란 손을 쭉 내밀며 못생긴 얼굴로 흉측하게 웃고. 하지만 착한 마녀가 뽀뽀한 표식을 이마에서 발견하곤 멈칫하더니, 다른 원숭이들에게 손대지 말라고 신호하며 소리쳤어.

"우리는 이 여자애한테 해를 끼칠 수 없다. 착한 힘이 보호하는데, 그 힘은 나쁜 힘보다 강하다. 우리가 할 수 있는 건 여자애를 성으로 데려가서 나쁜 마녀한테 넘기는 것뿐이다."

원숭이들은 도로시를 두 팔로 조심스러우면서도 부드럽게 들어서 하늘을 재빨리 날다 성이 나오자, 성문 계단 앞에 조심스럽게 내려놓더니, 우두머리가 마녀에게 말했어.

"우리는 우리가 할 수 있는 선에서 당신 명령에 따랐소. 양철 나무꾼과 허수아비는 없애고, 사자는 꽁꽁 묶어서 당신 마당에 가두었소. 하지만 조그만 여자애는 물론 품에 안은 강아지조차 우리는 해칠 수 없소. 우리한테 연결된 당신의 마법은 모두 끝났으니, 이제 당신은 우리를 부를 수 없소."

날개 달린 원숭이 무리는 엄청 시끄럽게 웃고 떠들고 재잘대며 공중으로 날아가다 순식간에 사라졌어.

나쁜 마녀는 도로시 이마에 있는 표식을 보는 순간 깜짝 놀라기도 하고 걱정스럽기도 했어. 날개 달린 원숭이와 마찬가지로 자신 역시 여자애를 해칠 수 없다는 사실을 깨달은 거야. 그래서 아래를 내려보다 도로시가 은 구두까지 신은 걸 알고는 두려워서 덜덜 떨었어. 은 구두에 강력한 마법이 담긴 걸 잘 알거든. 처음엔 당장 멀리 도망치자는 충동만 느꼈어. 하지만 여자애 눈을 가만히 들여다보니, 그 영혼이 순진무구한 거야. 은 구두에 담긴 놀라운 마법을 조금도 모르는 게 분명했지. 나쁜 마녀는 속으로 깔깔대고 웃으며 생각했어.

'아직은 저 애를 노예로 삼을 수 있겠어. 자신이 지닌 마법을 사용할 줄 모르니 말이야.'

그리곤 도로시에게 소리쳤어, 매섭고 사납게.

"따라와라. 그래서 시키는 대로 일하라, 그러지 않으면 너를 끝장낼 테다, 양철 나무꾼이랑 허수아비한테 그런 것처럼."

도로시는 마녀를 따라 성안으로 들어가서 아름다운 방을 여럿 지나 주방으로 들어가고, 마녀는 가득 쌓인 냄비랑 주전자를 깨끗하게 설거지하고 바닥을 닦고 화덕에 땔감을 계속 넣으라고 지시했어.

도로시는 나쁜 마녀가 안 죽이는 게 정말 기쁜 나머지, 최선을 다해서 열심히 일하자 마음먹고 무엇이든 시키는 대로 일했어.

도로시가 열심히 일하자, 마녀는 마당으로 가서 겁쟁이 사자에게 말처럼 마구를 씌워야겠다고 생각했어. 사자가 끄는 마차를 타고 다닌다면 재미있을 것 같았거든. 하지만 우리 문을 여는 순간, 사자가 커다랗게 울부짖으며 무섭게 달려들어, 마녀는 잔뜩 겁먹고 재빨리 도망쳐서 문을 쾅 닫았어. 그러더니 쇠창살 사이로 사자에게 소리쳤지.

"너한테 마구를 씌울 순 없을지언정, 너를 굶주리게 할 순 있다. 내가 시키는 대로 하기 전까진 아무것도 못 먹을 줄 알라."

마녀는 우리에 갇힌 사자에게 먹을 걸 하나도 안 주고, 매일 정오에 찾아가서 물었어.

"말처럼 마구를 맬 준비가 됐느냐?"

그럴 때마다 사자는 대답했어.

"싫다. 네가 우리로 들어오면 단번에 깨물겠다."

사자가 마녀 말을 안 들어도 괜찮은 건 매일 밤에 마녀가 깊이 잠들면 도로시가 찬장에서 음식을 가져다주었기 때문이야. 사자가 음식을

먹고 짚단에 엎드리면, 도로시는 털이 부숭부숭해서 푹신한 갈기에
머리를 기대고 옆에 누워, 자신들이 처한 어려움을 얘기하다 어떻게
도망칠지 따져보았어. 하지만 도망칠 방법이 도무지 없는 거야. 노란
윙키가 성을 끊임없이 지켰거든. 이들은 노예인 데다 너무 두려운 나머
지, 무어든 나쁜 마녀가 시키는 대로 할 수밖에 없었어.

　도로시는 낮에 열심히 일하고, 마녀는 낡은 우산을 늘 들고 다니다
툭하면 때릴 것처럼 위협했어. 하지만 이마에 난 표식 때문에 실제로
때릴 순 없었지. 도로시는 이 사실을 몰라서 자신이나 토토가 매 맞을
까 두려웠어. 한번은 마녀가 우산으로 토토를 때려, 조그만 강아지가
용감하게 달려들어서 발을 깨문 적도 있어. 그래도 마녀는 피를 안
흘렸어. 너무 사악한 나머지 몸속에 있는 피가 오래전에 모두 말라버렸
거든.

　도로시는 캔자스에 있는 엠 숙모에게 돌아갈 가능성이 점차 줄어드
는 걸 느끼면서 하루하루를 슬프게 지냈어. 몇 시간씩 구슬프게 울기라
도 하면 토토가 옆에 앉아서 아픈 마음을 달래주려고 주인 얼굴을
쳐다보며 낑낑댔지. 사실, 토토는 캔자스든 오즈
나라든 상관이 없었어, 도로시만 곁에 있으면.
하지만 조그만 주인이 슬퍼하면 자신도
슬플 수밖에 없었지.

　나쁜 마녀는 도로시가 늘 신고
다니는 은 구두를 빼앗고 싶은 마음이
굴뚝처럼 일었어. 벌 떼와 까마귀 떼와
늑대 무리까지 모두 죽어서 움푹
쌓인 채 말라비틀어진 데다
황금 모자 마법까지 끝났지만,

은 구두를 빼앗으면 지금까지 잃은 모든 마법을 합친 것보다 강력한 마법이 생기거든. 그래서 조심스레 감시하며, 행여나 도로시가 신발을 벗는다면 대뜸 훔쳐야겠다고 생각했어. 하지만 도로시는 예쁜 구두가 너무나 마음에 들어 도무지 안 벗었어, 밤에 잘 때나 목욕할 때 말고는. 그런데 마녀는 깜깜한 게 너무나 무서워 밤에 도로시 방까지 가서 신발을 훔칠 순 없고, 물은 깜깜한 이상으로 무서운 터라 도로시가 목욕할 때는 근처에도 갈 수 없었어. 사실, 늙은 마녀는 물에 손댈 수 없는 건 물론, 물이 조금만 몸에 닿아도 안 되거든.

하지만 나쁜 마녀는 정말 교활한 터라, 마침내 욕심을 채울 계략을 떠올렸어. 주방 바닥 한가운데에 쇠막대를 하나 놓고 마법으로 사람 눈에 안 보이게 한 거야. 그래서 도로시는 거기를 걷다 눈에 안 보이는 쇠막대를 밟고서 큰 대자로 벌러덩 쓰러졌어. 많이 다치진 않았지만 넘어질 때 은 구두 하나가 벗겨져, 미처 잡기 전에, 마녀가 대뜸 낚아채서 가죽만 남은 자기 발에 신은 거야.

나쁜 마녀는 계략이 통한 게 너무나 기뻤어. 구두 하나를 빼앗은 건 마법 절반을 빼앗은 셈이라, 설사 도로시가 마법을 사용할 줄 안다 해도 이제는 마녀를 해칠 수 없었거든.

도로시는 예쁜 구두 하나를 빼앗긴 걸 깨닫고 엄청 화내며 마녀에게 소리쳤어.

"구두를 돌려주세요!"

"안 돌려줘. 이제 내 구두야, 네 구두가 아니라."

마녀가 놀리자, 도로시가 다시 소리쳤어.

"당신은 정말 나쁜 마녀예요! 당신은 내 구두를 가져갈 권리가 없어요."

그러자 마녀가 비웃으며 대답했어.

"그래도 나는 이걸 가질 거야. 언젠가는 나머지 하나마저 내 품으로 들어올 거고."

이 말에 도로시는 너무 화나, 옆에 있는 물 양동이를 들어서 그대로 뿌리니, 마녀는 머리끝부터 발끝까지 흠뻑 젖었어.

그와 동시에 나쁜 마녀는 겁에 질린 채 울부짖더니, 도로시가 깜짝 놀란 눈으로 지켜보는 동안, 몸이 서서히 오그라들며 바닥으로 가라앉는 거야. 그러면서 소리쳤어.

"네가 무슨 짓을 했는지 똑똑히 봐라! 내 몸뚱이가 녹아서 없어진다."

"정말 미안해요."

도로시가 대답했어. 자신이 보는 앞에서 마녀가 갈색 설탕처럼 녹아서 없어진다는 사실에 너무나 놀랐거든.

"나는 물에 닿으면 끝장난다는 사실을 몰랐단 말이냐?"

마녀가 소리치며 울부짖는데, 절망에 휩싸인 목소리야.

도로시는 이렇게 대답했지.

"당연히 몰랐지요. 그걸 제가 어떻게 알겠어요?"

"아아, 이제 몇 분이면 나는 완전히 녹을 테고, 너는 이 성을 가지겠구나. 나는 평생을 사악하게 살았지만 너 같은 꼬맹이 때문에 몸뚱이가 녹아서 사악한 행동을 끝낼 거란 생각은 조금도 못 했다. 잘 봐라…… 이제 내가 사라진다!"

이 말과 함께 마녀는 갈색으로 흘러내려 형체도 없이 녹다가 주방 바닥 깨끗한 판자로 흘러갔어. 도로시는 마녀가 완전히 녹아서 사라진 걸 깨닫고 물 양동이를 새로 뿌려서 더러운 걸 치웠어. 그래서 문밖으로 깨끗하게 쓸어냈지. 그런 다음 늙은 마녀가 남긴 유일한 물건을, 은 구두를 집어서 물로 깨끗하게 씻고 천으로 깨끗하게 닦아서 발에 다시 신었어. 마지막으론 이제 무엇이든 할 수 있다는 걸 깨닫고 마당으로 달려나가, 서쪽 나라 나쁜 마녀가 드디어 끝장났다는 사실을, 이제 자신들은 포로가 아니란 사실을 사자에게 모두 말했어.

13. 구출

겁쟁이 사자는 나쁜 마녀가 물 한 동이에 녹아버렸다는 말을 듣고 굉장히 기뻐하고, 도로시는 쇠창살 우리에 달린 문을 대뜸 열어서 사자를 풀어줬어. 그리고 성안으로 함께 들어가, 도로시가 제일 먼저 한 건 윙키를 한 자리에 불러놓고 이제 노예에서 모두 해방되었다고 선언한 거야.

노란 윙키 사이에서 환호성이 엄청나게 일어났어. 나쁜 마녀에게 잔인하게 학대받으며 오랫동안 지겹도록 힘겹게 노동했거든. 윙키들은 이날을 기념일로 정하고 그날 이후로 이날만 되면 축제를 열어서 신나게 춤추며 영원히 축하했어.

"우리 친구 허수아비랑 양철 나무꾼도 곁에 있다면 더할 나위 없이 행복하겠어."

사자가 말하자, 도로시는 걱정스러운 표정으로 물었어.

"두 친구를 구하려면 어떻게 해야 할까?"

"일단 시도는 할 수 있겠지."

사자가 대답했어. 그래서 도로시는 노란 윙키를 모두 불러, 친구를 구하도록 도와주겠느냐 묻고, 윙키는 자신들을 속박에서 풀어준 도로시를 위해서라면 모든 힘을 다해서 기꺼이 돕겠다고 대답했어. 도로시는 아는 게 제일 많은 것처럼 보이는 윙키 서너 명을 뽑아서 길을 나섰어. 하루를 꼬박 걷고 다음 날도 한참 걸어서 바위투성이 들판에 도착하니, 양철 나무꾼은 온몸이 찌그러지고 부서진 채 누워있는 거야. 도끼도 옆에 있는데 날은 녹슬고 손잡이는 부러졌어.

윙키들은 양철 나무꾼을 조심스럽게 들어서 노란 성으로 운반하고, 도로시는 오랜 친구의 처참한 몰골에 눈물을 뿌리고, 사자는 슬픔을 억눌렀어. 마침내 성에 도착하자, 도로시가 윙키에게 물었어.

"여러분 가운데 양철공이 있나요?"

"당연하죠. 훌륭한 양철공이 여럿입니다."

윙키들이 대답하자, 도로시가 말했어.

"그렇다면 전부 데려오세요."

그래서 양철공 여러 명이 바구니에 온갖 도구를 담고서 나타나자, 도로시는 이렇게 물었어.

"양철 나무꾼 몸뚱이가 찌그러진 곳은 곧게 펴고, 구부러진 곳은 바로 펴고, 잘린 곳은 납땜으로 붙일 수 있나요?"

양철공들은 나무꾼을 자세히 살피더니 예전과 똑같은 모습으로 고칠 수 있을 것 같다고 대답했어. 그래서 노랗고 커다란 방에 자리 잡아 양철 나무꾼 다리와 몸통과 머리를 망치로 두드리고 비틀고 구부리고 납땜하고 광택 내고 쾅쾅 쳐대며 사흘 낮과 나흘 밤을 작업해, 결국엔 옛날 모습을 그대로 찾아내고, 관절도 예전처럼 잘 움직였어.

물론 누덕누덕 기운 곳이 몇 군데 있지만, 양철공은 모두 훌륭하게 작업하고 나무꾼은 허영심이 없는 터라, 그런 곳이 있어도 관심조차 안 기울였어.

마침내 양철 나무꾼은 직접 걸어서 도로시 방으로 들어와 자신을 구해주어 고맙다며 기쁜 눈물을 흩뿌리고, 도로시는 행여나 관절에 녹슬지 않도록 얼굴에 흐르는 눈물을 앞치마로 조심스럽게 닦아주었어. 도로시 자신도 오랜 친구를 다시 만난 기쁨에 눈물이 펑펑 흘렀는데, 이 눈물까지 닦을 필요는 없었어. 사자는 툭하면 눈물이 흘러서 꼬리 끝으로 닦느라 축축하게 젖어, 마당에 나가서 꼬리가 마를 때까지 햇볕을 쬘 수밖에 없었고.

그동안 있었던 일을 도로시가 모두 말하자, 양철 나무꾼이 한탄했어.

"허수아비도 곁에 있다면 더할 나위 없이 행복할 텐데."

"그래, 허수아비도 찾아야 해."

도로시가 말하더니, 윙키를 다시 불러서 도움을 청하고, 그들은 하루를 온전히 걷고 다음 날까지 걸은 다음에 비로소 날개 달린 원숭이가 허수아비 옷을 꼭대기에 던진 커다란 나무에 도착했어.

나무는 커다랗고 둥걸은 매끄러워서 누구도 올라갈 수 없는데, 나무꾼이 불쑥 말하는 거야.

"도끼로 잘라내서 허수아비 옷을 찾자."

양철공 여럿이 나무꾼 몸뚱이를 고치는 동안, 금을 다루는 윙키들은 금으로 손잡이를 단단하게 만들어서 부러진 손잡이 대신 나무꾼 도끼에 딱 맞게 끼워놓고, 다른 윙키들은 녹을 모두 없애서 날이 은처럼 반짝이도록 바짝 갈아놓은 상태였어.

양철 나무꾼은 말이 끝나기 무섭게 도끼질을 시작하고, 얼마 뒤에는 나무가 쿵 쓰러져서 가지에 걸린 허수아비 옷이 땅바닥으로 나뒹굴

었어.

도로시는 그걸 모두 집어 들고, 윙키는 성으로 운반해서 신선하고 깨끗한 지푸라기를 가득 채웠어. 그러자, 아아! 허수아비가 예전 모습 그대로 살아나, 자신을 구해주어서 고맙다며 인사하고 또 인사하고 또 인사했어.

이제 모두 모이자, 도로시는 친구들과 함께 노란 성에서 며칠을 행복하게 보냈어. 필요한 게 무어든 다 있었거든.

그런데 하루는 엠 숙모가 떠올라서 도로시가 이렇게 말한 거야.

"이제 오즈를 찾아가서 약속을 지키게 하자."

나무꾼도 말했어.

"그래, 드디어 나도 심장이 생기는 거야."

허수아비도 기뻐하며 덧붙였어.

"드디어 나도 두뇌가 생기는 거야."

사자는 깊이 생각하는 표정으로 말했어.

"드디어 나도 용기가 생기는 거야."

도로시도 좋아서 손뼉 치며 소리쳤어.

"드디어 나도 캔자스로 돌아가는 거야. 아, 내일 당장 에메랄드 도시로 떠나자!"

모두 그렇게 하기로 결정 났어. 다음 날엔 윙키를 한 자리에 불러모아서 그동안 고마웠다고 말했어. 그들이 떠난다는 말에 윙키는 누구나 서운했어. 그동안 양철 나무꾼이 너무나 마음에 들어, 노란 서쪽 나라에 머물며 자신들을 다스려달라고 사정하던 참이거든. 그래도 모두 떠난다는 걸 깨닫고, 윙키들은 토토와 사자에게 금목걸이를 하나씩 주고, 도로시에겐 다이아몬드가 아름답게 박힌 팔찌를 선물하고, 허수아비에겐 넘어지지 않도록 손잡이를 금으로 만든 지팡이를 주고, 양철 나무꾼에겐 은으로 만든 기름통을 주는데, 금과 보석으로 아름답게 장식한 거야.

도로시 일행은 그 보답으로 윙키들 앞에서 차례대로 예쁘게 작별 연설하고, 팔이 아플 때까지 손을 맞잡으며 일일이 인사했어.

도로시는 먼 길을 가면서 먹을 음식을 바구니에 채우려고 마녀 찬장을 열다가 황금 모자를 발견했어. 머리에 써보니 딱 맞아. 황금 모자에 담긴 마법은 조금도 모르지만, 모자가 예뻐서 그걸 쓰기로 마음먹고 보닛 모자는 바구니에 넣었지.

길 떠날 준비를 마치자 그들은 에메랄드 도시로 출발하고, 윙키들은 만세삼창을 하고 앞으로 모두 행복하길 기원했어.

14. 날개 달린 원숭이

　나쁜 마녀가 살던 성과 에메랄드 도시 사이에 오솔길조차 없다는 건 여러분도 기억할 거야. 도로시가 친구들과 찾아갈 때 마녀가 날개 달린 원숭이를 보내서 데려왔잖아. 미나리아재비와 노란 데이지가 곳곳에 편 거대한 들판에서 도시로 돌아가는 길을 찾는 건 원숭이들에 들려서 성으로 오는 것보다 어려울 수밖에 없었지. 물론 해가 떠오르는 동쪽으로 곧장 가면 된다는 건 친구들도 당연히 알아, 그쪽으로 곧장 출발했어. 하지만 정오에 태양이 머리 위로 떠오르니 어디가 동쪽이고 어디가 서쪽인지 알 수 없고, 결국엔 거대한 들판에서 길을 잃고 말았어. 그래도 계속 걷다 보니, 밤이 되고 달이 떠올라 환하게 비추었어. 친구들은 노란 데이지 향기가 달콤한 사이에 누워서 아침까지 곤하게 잤지…… 허수아비랑 양철 나무꾼만 빼고.

　다음 날 아침엔 태양이 구름에 가렸지만, 친구들은 계속 걸었어,

갈 길을 확실히 아는 것처럼. 도로시가 이렇게 말했거든.

"계속 걷다 보면 어디든 분명히 나올 거야."

하지만 하루하루가 지나도 눈앞에 보이는 건 새빨간 들판이 전부니, 허수아비가 살짝 투덜대기 시작했지.

"길을 잃은 게 분명해. 길을 어서 못 찾아내면 에메랄드 도시로 갈 수 없어, 두뇌를 못 얻는다고."

양철 나무꾼도 투덜댔어.

"심장도 못 얻고. 오즈 앞으로 나가고 싶은 마음은 굴뚝 같은데, 우리가 길을 못 찾고 빙글빙글 도는 것 같아."

겁쟁이 사자도 투덜댔어.

"너희도 알겠지만, 나는 용기가 없어서 영원히 걸을 수 없어, 아무 데도 안 나온다면."

도로시는 기운을 잃고 풀밭에 풀썩 주저앉아 친구들을 쳐다보고, 친구들은 풀썩 주저앉아 도로시를 쳐다보고, 토토는 생전 처음으로 너무 힘들어, 머리 위로 날아가는 나비조차 안 쫓아갔어. 혀를 빼물고 헐떡이며 도로시를 쳐다보는 표정이 이제 어떻게 하느냐고 묻는 것 같았지. 그러자 도로시가 불쑥 제안했어.

"들쥐를 부르자. 그들이라면 에메랄드 도시로 가는 길을 알 거야."

허수아비가 감탄했어.

"맞아, 분명해. 그 생각을 왜 진작 못 했을까?"

도로시는 들쥐 여왕에게 받아 목에 계속 걸고 다니던 조그만 호루라기를 불었어. 그러자 조그만 발이 후두두 뛰는 소리가 들리더니 회색 들쥐가 수없이 달려왔지. 그들 가운데는 들쥐 여왕도 있어, 조그만 목소리로 찍찍대며 물었어.

"무슨 일로 불렀나요, 친구 여러분?"

도로시가 대답했어.

"길을 잃었어요. 에메랄드 도시로 가는 길을 알려줄 수 있나요?"

"당연하죠. 하지만 정말 먼 길이에요, 여러분이 거꾸로 걸어와서."

여왕이 대답하더니, 도로시가 머리에 쓴 황금 모자를 보고서 제안했어.

"모자에 담긴 마법으로 날개 달린 원숭이를 부르지 그러세요? 그들이라면 여러분을 오즈 도시로 단번에 데려다줄 거예요."

도로시는 깜짝 놀라며 대답했어.

"마법이 있는지 몰랐어요. 그게 무언가요?"

"황금 모자 안쪽에 적어놨어요. 하지만 날개 달린 원숭이를 부를 거라면 우리는 당장 도망쳐야 해요. 장난이 너무 심해서 우리를 짓궂게 괴롭히거든요."

"그들이 나를 해치지 않을까요?"

도로시가 불안한 표정으로 묻자, 들쥐 여왕이 대답했어.

"맙소사, 아니에요. 그들은 모자 쓴 사람 말에 복종할 수밖에 없어요. 그럼, 안녕히!"

그리곤 재빨리 도망치자, 다른 들쥐도 재빨리 쫓아갔어.

도로시는 황금 모자 안쪽을 살피다 안감에 적힌 글자를 발견했어. 주문이 분명하다는 생각에 내용을 조심스럽게 외운 다음, 모자를 머리에 쓰고 왼발로 서서 주문을 읊조렸어.

"에프-페, 페프-페, 카크-케!"

"뭐라고 중얼대는 거니?"

허수아비가 물었어. 도로시가 무얼 하는지 몰랐거든. 하지만 도로시는 오른발로 서서 다시 읊조렸어.

"힐-로, 홀-로, 헬-로!"

"헬로!"

양철 나무꾼이 차분하게 대답했어. 도로시가 인사하는 줄 알고 똑같이 인사한 거야. 하지만 도로시는 두 발로 서서 소리쳤지.

"지즈-지, 주즈-지, 지크!"

마지막 주문을 읊조리자, 날개를 펄럭이는 소리와 재잘대는 소리가 시끄럽게 일더니 날개 달린 원숭이 무리가 날아왔어. 우두머리는 도로시에게 허리를 나지막이 숙이며 인사하고 물었어.

"무얼 명령하시겠습니까?"

"에메랄드 도시로 가고 싶어. 길을 잃었거든."

도로시가 말했어.

"우리가 모셔다드리겠습니다."

우두머리가 대답하자마자 원숭이 두 마리는 도로시를 잡고 하늘로 날아올랐어. 다른 원숭이들은 허수아비와 나무꾼과 사자를 잡고, 조그만 원숭이 한 마리는 토토를 잡아서 급히 쫓아갔지, 토토가 물려고 열심히 달려드는데도.

허수아비와 양철 나무꾼은 처음에 정말 무서웠어. 날개 달린 원숭이 무리가 얼마나 심하게 했는지 또렷하게 기억나거든. 하지만 해를 끼칠 의도가 없다는 걸 깨닫고서 기분 좋게 하늘을 날며 밑에서 아름답게 펼쳐지는 들판과 숲을 신나게 구경했어.

도로시는 제일 커다란 원숭이 두 마리 사이에서 나는데, 한 마리는 우두머리야. 서로 팔을 맞잡고 손으로 가마를 만들어서 도로시를 안전하고 편하게 모셨어.

"너희는 황금 모자 마법에 왜 복종하니?"

도로시가 묻자, 우두머리는 껄껄 웃으면서 대답했어.

"사연이 정말 길지만 갈 길도 머니 심심풀이 삼아서 이야기하겠습니다, 주인님이 듣고 싶으시다면."

"나야 듣고 싶지."

도로시가 말하자, 우두머리가 이야기를 풀어나갔어.

"원래는 우리도 자유롭게 살았답니다, 커다란 숲에서 나무 사이를 날고 호두와 과일을 먹고 주인님이라 부르는 사람도 없이 마음 내키는 대로 행복하게. 우리 가운데는 장난이 훨씬 심한 원숭이도 있어, 밑으로 날아가서 날개 없는 동물 꼬리도 잡아당기고, 새도 쫓아가고, 숲을 걸어가는 사람한테 호두도 던졌지요. 하지만 우리 모두 아무런 걱정 없이 매 순간을 즐기며 행복하고 재미있게 지냈습니다. 굉장히 오래전이지요. 오즈가 구름 사이에서 나와 이 땅을 통치하기 훨씬 전이니 말이에요.

당시에는 멀리 떨어진 북쪽 나라에 아름다운 공주님이 살았는데, 마법이 정말 강력했어요. 하지만 사람들을 돕는 데만 사용하고, 착한 사람은 누구도 안 해쳤다더군요. 공주님 이름은 게예레테, 사는 곳은 거대한 루비로 지은 아름다운 궁전이었어요. 누구나 공주님을 사랑했

지만, 공주님은 자신이 사랑할 사람을 찾을 수 없어서 슬퍼했어요. 남자라고는 하나같이 멍청하고 못생겨서 아름답고 지혜로운 공주님과 안 어울렸거든요. 하지만 공주님은 나이에 비해 정말 지혜롭고 사내답게 잘생긴 소년을 마침내 찾아냈어요. 소년이 자라서 어른이 되면 남편으로 삼겠다는 마음으로 루비 궁전에 데려가서 모든 마법을 동원해, 어떤 여인이라도 탐낼 만큼 사랑스럽고 강하고 착한 남성으로 만들었어요. 이름을 퀘라라라고 부르는 소년은 온 나라에서 가장 지혜로우며 남자다운 남성으로 훌륭하게 성장하고, 게예레테 공주님은 그를 지극히 사랑해, 결혼 준비를 완벽하게 하려고 서둘렀어요.

당시에 할아버지는 게예레테 공주님이 사는 궁전 근처 숲에서 날개 달린 원숭이 무리를 이끌었는데, 장난치는 걸 맛난 음식보다 좋아했어요. 하루는, 결혼식을 바로 앞둔 날에, 할아버지는 무리를 이끌고 하늘을 날다 강가를 거니는 퀘라라를 본 거예요. 분홍색 비단과 보라색 벨벳으로 만든 복장이 화려했지요. 할아버지는 어떻게 장난칠까 궁리하다, 무리를 이끌고 밑으로 날아가서 퀘라라를 붙잡고 공중으로 날아올라 강 한가운데에 그대로 떨어뜨린 거예요. 그리곤 커다랗게 소리치며 놀렸어요.

'빨랑 헤엄쳐 나와, 멋진 친구. 멋진 복장에 물때가 끼었는지 보라고.'

퀘라라는 정말 지혜로운 사람이라 헤엄도 잘 치는 데다, 엄청난 행운에도 성격을 버린 건 전혀 없었어요. 그래서 수면으로 올라오자마자 껄껄 웃더니 열심히 헤엄쳐서 강변으로 갔어요. 하지만 게예레테 공주님이 급히 달려오더니, 강물에 젖어서 비단과 벨벳이 망가진 걸 발견했어요.

공주님은 잔뜩 화난 데다, 누가 그랬는지도 당연히 알았어요. 그래서 날개 달린 원숭이 무리를 한 자리에 불러놓고, 처음에는 날개를 꽁꽁 묶어서 그들이 퀘라라한테 한 것처럼 강물에 빠뜨리라고 명령했어요. 하지만 할아버지는 날개를 꽁꽁 묶인 채 강물에 빠지면 원숭이는 모두 죽는다는 사실을 잘 아는 터라 열심히 간청하고, 퀘라라도 옆에서 거들어, 게예레테 공주님이 마침내 용서하더니 대신 날개 달린 원숭이는 황금 모자 주인이 명령하는 대로 앞으로 영원히 세 번씩 복종해야 한다는 조건을 달았어요. 황금 모자는 퀘라라한테 결혼선물로 주려고 만든 건데, 소문에 의하면 그걸 만드는 비용으로 왕국을 절반이나 썼다고 하더군요. 할아버지를 비롯한 모든 원숭이는 그 조건에 당연히 동의하고, 우리는 누구든 황금 모자를 쓴 사람이 내리는 명령에 세 번씩 복종하게 된 거예요."

"공주님이랑 퀘라라는 어떻게 됐지?"

도로시가 물었어. 이야기가 정말 흥미로웠거든.

"퀘라라는 황금 모자를 처음 소유한 주인이며, 우리한테 소원을 처음 말한 사람이기도 했어요. 신부가 우리를 보는 걸 싫어해, 결혼한 다음에 숲에서 우리를 불러모아, 앞으로 날개 달린 원숭이는 신부 눈에 절대로 띄지 말라 명령하고, 우리는 그 명령에 기꺼이 따랐어요. 우리 역시 공주님이 무서웠거든요.

그러다 황금 모자는 서쪽 나라 나쁜 마녀한테 들어가고, 마녀는 우리를 시켜서 윙키를 노예로 만들고, 오즈를 서쪽 나라에서 몰아냈어요. 이제 황금 모자는 당신 것이니, 당신은 우리한테 소원을 세 번 말할 권리가 있습니다."

원숭이 우두머리가 이야기를 마칠 즈음에 도로시가 아래를 내려다보니 녹색으로 환하게 빛나는 에메랄드 도시 성벽이 보였어. 원숭이가 빠르게 나는 건 정말 신기했지만, 드디어 목적지가 나온 것도 기뻤어. 원숭이 무리는 도로시랑 친구들을 도시 성문 앞에 조심스럽게 내려놓

고, 우두머리는 도로시한테 허리를 나지막이 숙이며 인사하더니 공중
으로 순식간에 날아올라, 무리도 모두 뒤쫓아 날아올랐어.

"멋진 비행이었어."

도로시가 말하자, 사자가 대답했어.

"그래, 정말 힘든 길을 순식간에 날아왔어. 네가 그렇게 대단한 모자
를 써서 참 다행이야!"

15. 무서운 오즈, 들통나다

도로시는 친구들과 함께 에메랄드 도시의 거대한 성문으로 다가가서 종을 울렸어. 그렇게 서너 차례 울리자, 예전에 만난 수문장이 문을 열다가 깜짝 놀라며 묻는 거야.

"맙소사! 돌아온 거요?"

허수아비가 대답했어.

"우리를 보면 모르겠습니까?"

"하지만 나는 당신네가 서쪽 나라 나쁜 마녀를 찾아간 줄 알았소."

수문장 말에 허수아비가 또 대답했어.

"네, 찾아가서 만났습니다."

수문장이 깜짝 놀라며 물었어.

"그런데도 마녀가 당신들을 풀어주었단 말이오?"

"그럴 수밖에 없었지요, 완전히 녹아버렸으니까."

허수아비가 설명하자, 수문장은 한층 더 놀랐어.

"완전히 녹아버렸다고요! 야, 좋은 소식이네요, 정말로. 마녀를 녹인 게 누군가요?"

사자가 엄숙하게 선언했어.

"도로시요."

"정말 대단하군요!"

수문장이 감탄하더니 도로시에게 허리를 나지막이 숙이며 인사했어. 그리곤 조그만 방으로 들여서 커다란 상자를 열고 안경을 꺼내 일일이 씌워서 자물쇠를 채웠어, 예전에 그런 것과 똑같이. 그런 다음에 대문을 열어서 에메랄드 도시로 들어섰어. 사람들은 도로시가 서쪽 나라 나쁜 마녀를 녹여서 없앴다는 말을 듣고서 잔뜩 모여들더니 도로시 일행을 따라 오즈 궁전까지 우르르 몰려갔지.

녹색 수염 병사는 이번에도 문 앞을 지키다 곧바로 들여보내고, 아름다운 녹색 여자애는 이번에도 똑같이 맞이해 예전에 쓰던 숙소로 곧바로 안내했어, 위대한 오즈가 부를 때까지 편히 쉬도록.

병사는 도로시 일행이 나쁜 마녀를 죽이고 다시 찾아왔다는 소식을 곧장 알렸지만, 오즈는 아무런 대답도 안 했어. 도로시 일행은 위대한 마법사가 곧바로 부를 거로 예상했지만, 그것도 아니고. 다음날에도 그다음 날에도 그다음 날에도 오즈는 아무도 안 불렀어. 가만히 기다리는 건 정말 피곤하고 힘들 수밖에 없어, 도로시 일행은 오즈가 자신들에게 온갖 고생을 다 시키더니, 인제 와서 푸대접한다는 사실에 짜증이 치밀었어. 결국, 허수아비는 녹색 여자애를 통해 오즈에게 전갈을 보냈어. 지금 당장 안 만나준다면 날개 달린 원숭이를 불러다 놓고 과연 오즈가 약속을 지키는지 안 지키는지 지켜보겠다는 내용이야. 마법사는 이 말을 전해 듣고 잔뜩 겁먹은 나머지, 다음 날 아침

9시 4분에 알현실로 찾아오라는 전갈을 보냈어. 예전에 서쪽 나라에서 날개 달린 원숭이랑 마주친 적이 있어, 두 번 다시 만나고 싶지 않았거든.

네 친구는 오즈가 준다고 약속한 선물을 생각하느라 한숨도 못 자고 밤을 꼬박 새웠어. 도로시가 딱 한 번 잠들어, 캔자스로 돌아가자 엠 숙모가 이렇게 돌아와서 얼마나 기쁜지 모르겠다고 말하는 꿈을 꾼 게 전부야.

다음 날 아침 9시 정각에 녹색 수염 병사는 나타나고, 친구들은 딱 4분 뒤에 위대한 오즈 알현실에 들어섰어.

각자는 자신이 예전에 본 마법사 모습이 나타나리라 예상했는데, 아무리 둘러보아도 알현실엔 아무도 없어 모두 깜짝 놀랐지. 그래서 입구에 모여 서로 바싹 달라붙었어. 오즈가 매번 다른 형상으로 나타난 것보다 아무도 없어서 조용한 게 훨씬 무서웠거든.

곧이어 엄숙한 목소리가 들렸어. 높다란 천장 꼭대기 근처 어딘가에서 흘러나오는 것 같은데, 이런 내용이었지.

"나는 오즈님이다, 위대하고 무서운 마법사. 나를 보자고 한 이유가 무어냐?"

친구들은 실내 곳곳을 다시 살폈지만, 마찬가지로 아무도 안 보여서 도로시가 얼른 물었어.

"어디에 있습니까?"

그러자 목소리가 대답했어.

"나는 어디에나 있다. 하지만 평범한 인간은 볼 수 없다. 이제 나는 옥좌에 앉겠다, 너희와 대화하도록."

실제로 목소리가 옥좌로 곧장 다가가는 것 같아, 네 친구도 옥좌 앞으로 가서 나란히 선 가운데, 도로시가 물었어.

148

"우리는 오즈님이 약속한 걸 받으러 왔습니다."

"무슨 약속?"

도로시가 대답했어.

"나쁜 마녀를 죽이면 나를 캔자스로 돌려보내 주겠다고 약속했잖아요."

허수아비도 말했어.

"나한테는 두뇌를 주겠다고 약속했잖아요."

양철 나무꾼도 말했어.

"나한테는 심장을 주겠다고 약속했잖아요."

겁쟁이 사자도 말했어.

"나한테는 용기를 주겠다고 약속했잖아요."

"그럼 나쁜 마녀를 진짜 죽였단 말인가?"

목소리가 묻자, 살짝 떨리는 것 같다는 느낌을 받으며 도로시는 대답했어.

"네. 제가 물 한 동이로 녹여서 완벽하게 죽였습니다."

"맙소사, 너무 갑작스럽군! 으음, 내일 다시 오라. 곰곰이 생각할 시간이 필요하노라."

"오즈님한텐 지금까지 생각할 시간이 충분했습니다."

양철 나무꾼이 말하며 벌컥 화냈어.

"우리는 이제 단 하루도 안 기다리겠습니다."

허수아비도 소리쳤어.

"지금 당장 약속을 지키세요!"

도로시도 소리쳤어.

사자는 마법사를 겁주는 게 좋겠다는 생각에 갑자기 커다랗게 울부짖는데, 너무 무섭고 사나운 나머지 토토가 깜짝 놀라며 뒤로 펄쩍 물러나다 모서리에 세워놓은 장막을 쓰러뜨렸어. 장막이 쿵 넘어가는 소리에 그쪽을 쳐다보다, 모두 어리둥절할 수밖에 없었어. 장막이 가리던 자리에서 조그만 노인 한 명이 머리는 다 까지고 얼굴은 주름살투성이로 우두커니 서서 네 친구만큼이나 깜짝 놀란 표정으로 쳐다보았거든. 양철 나무꾼은 도끼를 대뜸 치켜들고 조그만 노인에게 달려가며 소리쳤어.

"누구요?"

그러자 조그만 노인이 덜덜 떠는 목소리로 대답했어.

"나는 오즈님이다, 위대하고 무서운 마법사. 하지만 나를 내려치지 마라…… 제발…… 너희가 원하는 대로 다 하겠다."

친구들은 정말 놀랍기도 하고 어이도 없다는 표정으로 노인을 쳐다 보았어.

"오즈님은 커다란 머리인 줄 알았어요."

도로시가 말했어.

"오즈님은 사랑스러운 숙녀인 줄 알았어요."

허수아비가 말했어.

"오즈님은 무서운 맹수인 줄 알았어요."

양철 나무꾼이 말했어.

"오즈님은 불덩인 줄 알았어요."

사자가 소리쳤어.

그러자 조그만 노인이 힘없이 부정했어.

"아니야, 모두 틀렸어. 내가 그렇게 속인 거야."

"속여요! 그럼 위대한 마법사가 아니란 말입니까?"

도로시가 소리치자, 노인이 말했어.

"쉿, 얘야. 커다랗게 말하지 말렴, 누가 엿듣겠어…… 그러면 나는 끝장이야. 나는 위대한 마법사로 보여야 해."

"그런데 아니라는 건가요?"

도로시가 다시 물었어.

"조금도 아니란다, 얘야. 나는 지극히 평범한 노인이야."

그러자 허수아비가 슬픈 어투로 말했어.

"그 정도가 아니에요. 당신은 사기꾼이에요."

노인이 정말 그렇다는 듯 손을 열심히 비비면서 대답했어.

"그래, 딱 맞는 말이야! 나는 사기꾼이야."

"하지만 너무 끔찍해요. 이제 심장을 어디에서 구하죠?"

양철 나무꾼이 물었어.

"나는 용기를 어디에서?"

사자도 물었어.

"나는 두뇌를 어디에서?"

허수아비가 흐느끼더니 두 눈에 가득한  눈물을 소매로 훔쳐내고, 오즈는 이렇게 말했어.

"친애하는 친구 여러분, 그렇게 사소한 건

말도 꺼내지 마시게. 나를 보라고, 모든 게 드러나면 내가 얼마나 끔찍한 곤경에 처할지."

"당신이 사기꾼이라는 걸 다른 사람은 아무도 모르나요?"

도로시가 묻자, 오즈가 대답했어.

"너희 넷이랑 나만 빼면 아무도 몰라. 지금까지 오랫동안 속인 터라 앞으로도 절대로 안 드러날 거고. 애초에 너희를 알현실로 들이는 게 아니었어. 나는 평소에 신하들조차 안 보거든, 그들은 날 무서운 인물로 여기고."

도로시가 어리둥절한 표정으로 물었어.

"그래도 이해할 수 없어요. 내 앞에 어떻게 커다란 머리로 나타난 건가요?"

"그것도 속임수야. 이쪽으로 오렴, 내가 자세히 설명할 테니."

오즈가 말하더니 알현실 뒤쪽 조그만 방으로 가고, 네 친구는 모두 따라갔어. 오즈는 한쪽 모서리를 가리키고, 거기엔 커다란 머리가 있는데, 종이를 여러 번 두껍게 발라서 얼굴까지 세심하게 그린 거야.

"이걸 철사로 묶어서 천장에 걸고, 나는 장막 뒤에서 줄을 당기는 식으로 눈알을 움직이거나 입을 연 거야."

"그렇다면 목소리는 어떻게 된 거죠?"

도로시가 다시 묻자, 조그만 노인이 대답했어.

"아, 나는 복화술사야. 목소리를 어디든 마음대로 보낼 수 있어. 그래서 너는 목소리가 커다란 머리에서 나온다고 생각한 거야. 너희를 속인 물건은 여기에 또 있어."

오즈가 말하더니 사랑스러운 숙녀처럼 보이는 의상과 가면을 허수아비에게 보여주었어. 양철 나무꾼에게 보여준 무서운 맹수는 가죽을 겹쳐서 바늘로 꿰매고 안에 펑퍼짐한 골조를 대서 옆이랑 위로 퍼지게

한 거야. 불덩이는 가짜 마법사가 천장에
매단 거고. 사실은 솜뭉치로, 기름을 부으면
불덩이가 무섭게 타오르는 거야.

　"정말이지, 당신은 이렇게 사기 친 걸
창피하게 여겨야 해요."

　허수아비가 말하자, 조그만 노인이
슬픈 어조로 대답했어.

　"창피해…… 정말 창피해. 하지만
나도 어쩔 수 없었어. 자리에 앉으렴,
의자는 많으니. 자초지종을 말할게."

　그래서 의자에 모두 앉아 가만히 듣는
가운데 노인이 말했어.

　"나는 오마하에서 태어났어……"

　"맙소사, 캔자스랑 정말
가까운 곳이네요!"

　　　　도로시가 감탄하자, 노인은 머리를 절레절
　　　　레 흔들며 슬픈 표정으로 이어나갔어.

　　　"하지만 여기에선 정말 멀지. 나는 어른이 돼서 복화술사
　　가 되었는데, 훌륭한 스승님한테 훈련을 잘 받았지. 어떤
　　새든 어떤 짐승이든 그대로 흉내 내거든."

　노인이 갑자기 새끼고양이처럼 야옹! 하자, 토토는
귀를 쫑긋 세운 채 사방을 둘러보며 고양이를 찾고,
오즈는 계속 말했어.

　"그러다 지겨워서 기구 조종사가 되었어."

　"뭐하는 건가요?"

도로시가 묻자, 노인이 설명했지.

"서커스 하는 날에 커다란 풍선을 타고 높이 올라서 사람들을 끌어모아 돈 내고 서커스를 구경하게 하는 사람."

"아, 나도 알아요."

"으음, 하루는 기구를 타고 높이 올라갔는데 조종하는 밧줄이 꼬여서 다시 내려갈 수 없는 거야. 기구는 구름 위로 마냥 올라가다 갑작스러운 기류에 휩싸인 채 끝없이 날아갔어. 하루 밤낮을 꼬박. 그러다 다음 날 아침에 깨어나니, 둥둥 떠 있는 기구 밑으로 처음 보는 나라가 아름답게 펼쳐진 거야.

기구는 조금씩 내려가고, 나는 조금도 안 다쳤어. 하지만 낯선 사람이 잔뜩 몰려드는데, 구름에서 내려온 걸 보고 나를 위대한 마법사로 여긴 거야. 물론 나는 사람들이 그렇게 생각하게 놔뒀어. 나를 무서워하면서 무어든 시키는 대로 하겠다고 맹세했거든.

나는 재미 삼아, 그리고 착한 사람들이 열심히 살도록, 여기에 도시랑 궁전을 지으라고 명령했어. 모두 열심히 훌륭하게 일했어. 그걸 보니까 이런 생각이 드는 거야. 여기는 녹색이 짙고 아름다우니 에메랄드 도시라 부르고 그 이름에 합당하도록 모든 백성한테 녹색 안경을 씌워서 모든 게 녹색으로 보이게 하자."

"그러면 모든 게 녹색이 아니란 말인가요?"

도로시가 묻자, 오즈가 대답했어.

"다른 도시 이상으로 녹색이 짙은 건 아니야. 하지만 녹색 안경을 쓰면 당연히 모든 게 녹색으로 보이겠지. 에메랄드 도시는 오래전에 지었어. 기구를 타고 여기로 올 때만 해도 젊었는데, 지금은 나이가 아주 많거든. 하지만 백성은 녹색 안경을 오랫동안 써서 여기가 진짜 에메랄드 도시라고 생각해. 물론 여기는 정말 아름다운 곳이야, 귀금

속이나 보석도 많은 데다, 행복하게 사는 데 필요한 건 다 있어. 나는 백성한테 잘하고, 백성은 나를 좋아해. 하지만 궁전을 다 지은 다음엔 여기에 틀어박힌 채 아무도 안 만났어.

내가 정말 두려워한 건 마녀야. 나는 마법을 하나도 모르는데, 그들은 정말 대단한 마법을 실제로 한다는 걸 금방 깨달았거든. 이 나라엔 마녀가 네 명으로 각자 북쪽 나라랑 남쪽 나라랑 동쪽 나라랑 서쪽 나라를 다스렸어. 다행히도 북쪽 나라 마녀랑 남쪽 나라 마녀는 착해서 나를 공격하지 않을 게 분명했지. 하지만 동쪽 나라 마녀랑 서쪽 나라 마녀는 끔찍하게 사악해서 내가 자기네보다 강하지 않다는 걸 알면 나를 죽이려 들 게 확실했어. 그래서 나는 두 마녀를 오랫동안 끔찍하게 두려워하며 살았어. 그러니 네 집이 동쪽 나라 나쁜 마녀한테 떨어졌다는 소식을 듣고 내가 얼마나 기뻤는지 상상할 수 있을 거야. 그래서 너희가 찾아왔을 때, 나는 너희가 하나 남은 마녀까지 없앤다면 무어든 들어주겠다고 기꺼이 약속했어. 그런데 너희가 마녀를 정말로 녹여서 없앴으니, 나로선 약속을 지킬 수 없다고 말하는 게 더없이 창피할 수밖에."

그러자 도로시가 말했어.

"당신은 정말 나쁜 사람이에요."

"아니야, 아니야, 얘야. 나는 정말 좋은 사람이야. 마법사로는 정말 나쁘다는 걸 인정하지 않을 수 없지만."

그러자 허수아비가 물었어.

"그럼 나한테 두뇌를 줄 수 없는 건가요?"

"너는 두뇌가 필요하지 않아. 매

일 중요한 걸 깨닫잖아. 갓난아기는 두뇌가 있지만 실제로 아는 건 거의 없어. 오로지 경험을 통해서만 지혜를 깨우치고, 세상을 오래 살다 보면 그만큼 많은 걸 경험하는 거야."

"그건 맞는 말이지만, 당신이 두뇌를 안 준다면 나는 정말 불행할 거예요."

허수아비가 말하자, 가짜 마법사가 가만히 바라보다 한숨을 내쉬며 말했어.

"으음, 나는 아까 말한 것처럼 마법 실력이 없지만, 내일 아침에 다시 찾아오면 네 머리에 두뇌를 가득 채워주마. 하지만 그걸 사용하는 법은 알려줄 수 없어. 그건 직접 찾아내야 해."

"아, 고맙습니다…… 정말 고맙습니다! 내가 그 방법을 꼭 찾아낼 테니, 조금도 걱정하지 마세요!"

허수아비가 좋아하자, 이번에는 사자가 불안한 표정으로 물었어.

"그렇다면 내 용기는요?"

"너는 이미 용기가 충분해. 너한테 필요한 건 자신감이야. 위험과 맞닥뜨릴 때 겁내지 않는 생명체는 어디에도 없어. 진정한 용기는 아무리 겁나도 위험한 상황에 똑바로 대처하는 건데, 그런 용기는 너한테 아주 많아."

오즈가 말하자, 사자는 이렇게 대답했어.

"그럴 수도 있겠지만, 그래도 겁나는 건 똑같아요. 겁나는 걸 잊어버릴 용기를 당신이 안 준다면 나는 정말 불행할 거예요."

"좋다, 그럼 내일, 그런 용기를 주마."

오즈가 대답하자, 이번에는 양철 나무꾼이 물었어.

"그렇다면 내 심장은요?"

"맙소사, 그것에 대해 말하자면, 심장을 얻겠다는 건 네가 정말 잘못 생각한 것 같아. 심장은 사람을 불행하게 하거든. 네가 그걸 안다면 심장이 없는 걸 다행으로 여길 거야."

"그건 생각 차이예요. 당신이 심장을 준다면, 나는 아무리 불행해도 전혀 투덜대지 않고 견딜 수 있어요."

양철 나무꾼이 말하자, 오즈는 힘없이 대답했어.

"좋아, 내일 찾아오면 심장을 줄게. 마법사 노릇을 오랫동안 했으니, 앞으로 조금 더 해도 괜찮겠지."

그러자 도로시도 말했어.

"그럼 나는 캔자스로 어떻게 돌아가나요?"

"그건 곰곰이 생각할 시간이 필요해. 이삼일만 주면 너를 사막 너머로 보낼 방법을 찾아보마. 그동안 너희 모두를 손님으로 대접하겠어. 궁전에서 사는 동안 백성이 시중들고, 너희가 무얼 시키든 복종할 거야. 그 대가로 내가 부탁하는 건 딱 하나야. 내가 사기꾼이란 사실을 아무한테도 말하지 말고 비밀을 지키라는 거."

네 친구는 누구한테도 비밀을 말하지 않기로 약속하고 잔뜩 들뜬 채 각자 숙소로 돌아갔어. 도로시조차 "위대하고 무서운 사기꾼" 노인이 캔자스로 돌아갈 방법을 찾아내기만 기대했으니까. 그러면 모든 걸 기꺼이 용서할 수 있었거든.

16. 사기꾼의 위대한 마술

다음 날 아침에 허수아비가 친구들에게 말했어.

"축하해줘. 이제 드디어 오즈한테 두뇌를 받으러 갈 거야. 돌아올 때는 여느 사람이랑 똑같겠지."

"나는 지금 모습이 늘 보기 좋았어."

도로시가 솔직하게 말하자, 허수아비가 대답했어.

"허수아비를 좋아하다니 참 다정하구나. 하지만 새 두뇌로 멋진 생각을 줄줄 떠올리면 훨씬 멋있게 보일 거야."

그러더니 쾌활한 목소리로 잘 갔다 오겠다더니, 알현실로 가서 문을 똑똑 두드렸어.

"들어오렴."

오즈 말에 허수아비가 들어서니, 조그만 노인은 창가에 앉아서 깊은 생각에 잠겼어. 허수아비는 약간 불안한 마음으로 살며시 말했지.

"두뇌를 받으러 왔습니다."

"아, 그래. 저 의자에 앉으렴. 미안하지만 우선 머리부터 떼어내야 해. 두뇌를 제자리에 넣으려면 다른 방법이 없어."

"괜찮아요, 머리를 떼어내는 건. 훨씬 좋은 머리를 다시 붙여주기만 하신다면."

그래서 마법사는 머리를 떼어내고 지푸라기를 다 뺐어. 그런 다음, 뒷방으로 가서 왕겨 한 대접을 가져와, 핀이랑 바늘을 엄청나게 넣고 마구 흔들면서 골고루 뒤섞어, 허수아비 머리에 넣고 남은 공간에 지푸라기를 가득 채워서 고정했어. 그걸 허수아비 몸통에 단단히 붙인 다음에는 이렇게 말했지.

"이제부터 너는 훌륭한 사람이야, 두뇌를 새로 잔뜩 넣었으니까."

허수아비는 평생소원을 이룬 게 너무나 기쁘고 자랑스러워 오즈에게 정말 고맙다고 말한 다음, 친구들에게 돌아갔어.

도로시가 호기심 어린 시선으로 가만히 바라보니, 두뇌를 넣어서 머리 꼭대기가 툭 튀어나온 거야. 그래서 물었어.

"느낌이 어떠니?"

허수아비는 진심으로 대답했어.

"정말 지혜로운 느낌이야. 두뇌가 적응하면 나도 세상 모든 걸 파악하는 거야."

"머리에서 바늘과 핀이 왜 툭툭 삐져나온 거야?"

양철 나무꾼이 묻자, 사자가 대답했어.

"그건 허수아비가 날카롭다는 증거야."

"그렇다면 나도 오즈한테 가서 심장을 받아야겠다."

나무꾼이 말하더니, 알현실로 걸어가서 문을 똑똑 두드렸어.

"들어오렴."

오즈가 대답하자, 나무꾼이 들어와서 말했어.

"심장을 받으러 왔습니다."

"그래. 하지만 가슴에 구멍을 뚫어야 해, 제자리에 심장을 넣으려면. 아프지 않으면 좋겠구나."

조그만 노인이 말하자, 나무꾼이 대답했어.

"괜찮아요. 나는 통증을 못 느껴요."

그래서 오즈는 양철공 가위를 가져와서 양철 나무꾼 가슴 왼쪽을 사각형으로 조그맣게 잘랐어. 그런 다음, 옷장 서랍으로 가서 예쁜 심장을 꺼냈어. 비단으로 만들어서 톱밥을 가득 채운 거야.

"예쁘지 않니?"

오즈가 묻자, 나무꾼이 무척 좋아하며 공감했어.

"네, 정말 예뻐요! 하지만 심장이 다정한가요?"

"그럼, 아주 다정하지!"

오즈가 대답하더니, 심장을 나무꾼 가슴에 넣고 잘라낸 양철을 대고 납땜해서 원래대로 말끔하게 붙였어. 그리곤 이렇게 말했어.

"이제 너는 모든 사람이 부러워할 심장을 가졌어. 가슴을 납으로 때운 건 미안하지만, 나도 어쩔 수 없단다."

나무꾼이 정말 좋아하며 커다랗게 말했어.

"이런 건 신경 쓰지 마세요. 고맙습니다, 마법사님, 깊으신 은혜는 절대로 안 잊겠습니다."

"그렇게 말하지 말게."

오즈가 대답하고, 양철 나무꾼은 친구들에게 대뜸 돌아가니, 모두 정말 잘 됐다며 기뻐했어.

이번에는 사자가 알현실로 걸어가서 문을 똑똑 두드렸어.

"들어오렴."

오즈가 말하니, 사자가 안으로 들어가며 선포했어.

"용기를 받으러 왔습니다."

"알았네. 내가 너한테 용기를 주지."

조그만 노인이 말하더니, 찬장으로 가서 높은 선반으로 팔을 뻗어 사각형 녹색 병을 꺼내더니, 녹색과 금색이 어우러지고 조각도 아름다운 사발에 내용물을 부었어. 그래서 앞에 놓자, 겁쟁이 사자는 코를 킁킁대며 냄새를 맡는 게 마음에 안 드는 것 같아, 마법사가 말했어.

"쭉 마셔."

"이게 뭔가요?"

"으음, 그게 네 몸에 들어가서 용기가 되는 거야. 너도 당연히 잘 알겠지만, 용기는 늘 몸속에 있는 거니까 네가 꿀꺽 마시기 전까진 이걸 용기라고 부를 순 없겠지. 그러니 어서 쭉 들이켜라는 거야."

사자는 더 망설이지 않고 사발에 든 걸 한 방울도 안 남기고 싹 들이켰어.

"느낌이 어떠니?"

오즈가 물었어.

"용기가 그득해요."

사자는 이렇게 대답하고 친구들에게 즐거운 마음으로 돌아가, 정말 잘 됐다고 말했어.

오즈는 혼자 남자, 허수아비랑 양철 나무꾼이랑 사자가 원하는 걸 그대로 들어주는 데 성공했다는 생각이 들어서 혼자 빙그레 웃으며 중얼댔어.

"누구도 할 수 없는 걸 많은 사람이 해내라니, 내가 어떻게 사기꾼이 안 될 수 있겠어. 허수아비랑 사자랑 나무꾼은 내가 모든 걸 할 수 있다고 상상해, 나는 이들을 간단하게 충족시켰어. 하지만 도로시를 캔자스로 돌려보내는 건 상상력 이상이 필요한 만큼 당장으로선 어떻게 해야 좋을지 모르겠군."

17. 풍선이 떠오르다

도로시는 사흘 동안 오즈에게 아무 말도 못 들었어. 어린 여자애는 하루하루가 정말 초조했어. 하지만 친구들은 하나같이 만족하며 즐거워했지. 허수아비는 자기 머릿속에 대단한 생각이 가득한데, 자기 말고는 아무도 이해할 수 없으니 말하지 않겠다며 자랑했어. 양철 나무꾼은 이리저리 걸을 때마다 가슴에서 심장이 덜렁대는 걸 느끼곤 자기 몸이 살로 만들어졌을 때보다 심장이 훨씬 다정하고 부드러운 것 같다며 자랑하고. 사자는 세상 무엇도 겁나지 않는다고, 인간이 떼거리로 달려들고 칼리다 열두 마리가 무섭게 달려들어도 기꺼이 맞설 것 같다고 선언했어.

세 친구 모두 만족하니, 도로시는 캔자스로 돌아가고픈 생각만 한층 더 간절했어.

나흘째 되는 날에 오즈가 사람을 보내, 도로시는 더없이 기쁜 마음으로 알현실에 들어서고, 오즈는 기쁘게 맞이했어.

"자리에 앉으렴, 얘야. 이 나라를 빠져나갈 방법을 내가 찾아낸 것 같아."

"그래서 캔자스로 돌아가는 건가요?"

도로시가 재빨리 묻자, 오즈는 대답했어.

"으음, 캔자스까지는 모르겠어. 나는 그게 어딘지 모르거든. 하지만 무엇보다 중요한 건 사막을 건너는 거니, 그러면 집으로 돌아가는 길도 어렵지 않게 찾을 거야."

"사막을 어떻게 건너죠?"

"으음, 내가 생각한 걸 알려줄게. 알다시피 나는 기구를 타고 이 나라에 왔어. 너 역시 회오리바람에 휩싸여서 공중을 날아왔고. 그렇다면 사막을 건너는 방법은 공중을 날아가는 게 분명해. 회오리바람을 만들어내는 건 내 능력을 훨씬 벗어나지만, 곰곰이 생각하니, 내 힘으로 기구는 만들 것 같아."

"어떻게요?"

"비단을 잇고 풀을 칠해서 가스가 안 새도록 하는 거야. 궁전에는 비단이 충분하니, 기구를 만드는 건 문제없어. 하지만 온 나라를 뒤져도 기구를 공중에 둥둥 띄울 가스는 없어."

"기구가 공중에 안 뜨면 소용없잖아요."

"맞아. 하지만 공중에 둥둥 뜨게 할 방법은 또 있어, 공기를 뜨겁게 달구는 방법. 뜨거운 공기는 가스만큼 좋진 않아. 차갑게 식으면 기구가 사막으로 내려가서 우리는 길을 잃을 테니까."

오즈가 하는 말에 도로시는 깜짝 놀랐어.

"우리요! 당신도 함께 가시나요?"

"그래, 당연히. 이젠 사기꾼 노릇도 지겨워. 궁전 밖으로 나가기라도 하면 모든 백성은 내가 마법사가 아니란 사실을 깨달을 거고, 그러면 내가 자기네를 속였다며 화낼 거야. 그래서 여기에 온종일 갇혀 지내야 하는데 이제 못 견디겠어. 차라리 너랑 캔자스로 돌아가서 서커스단에 들어가는 편이 훨씬 좋을 것 같아."

"함께 가게 돼서 정말 기뻐요."

"고맙구나. 자, 당장 기구를 만들자꾸나. 너는 바느질로 비단을 꿰매렴."

그래서 도로시는 바늘과 실을 들고 오즈가 비단을 적당히 잘라주는 대로 열심히 바느질해서 말끔하게 꿰맸어. 처음에는 옅은 녹색 비단 조각이고, 다음엔 짙은 녹색 비단 조각이고, 그다음엔 에메랄드 녹색 비단 조각이야. 오즈는 색조가 다양한 녹색을 덧붙여서 기구를 만들고 싶었거든. 기다란 비단 조각을 하나로 바느질하는 데는 사흘이 꼬박 걸렸지만, 작업을 다 끝내니까 길이 6m가 넘는 커다란 녹색 비단 자루가 생겨났어.

그러자 오즈는 공기를 단단히 붙잡도록 안쪽에 풀을 얇게 입힌 다음, 이제 기구를 다 만들었다고 선언했어.

"하지만 우리가 올라탈 바구니를 구해야 해."

오즈는 녹색 수염 병사를 보내서 커다란 빨래 바구니를 가져오게 하더니, 거기에 밧줄을 여러 개 달아서 기구 아래쪽에 단단히 묶었어.

준비를 마치자, 오즈는 자신이 구름 속에 사는 위대한 형제 마법사를 만나러 간다는 소문을 백성들 사이에 퍼트렸어. 소문은 순식간에 도시 전역으로 퍼지고, 놀라운 광경을 구경하고자 모든 백성이 몰려들었어.

오즈는 기구를 궁전 앞으로 운반하도록 명령하고, 백성은 호기심 가득한 눈으로 열심히 쳐다보았어. 양철 나무꾼은 장작을 미리 충분히 자른 터라 이제 모닥불을 피우고, 오즈는 기구 제일 아래쪽을 모닥불 위에 올리니, 뜨거운 공기가 들어차면서 비단 자루가 서서히 부풀어 오르는 거야. 이윽고 기구는 잔뜩 부풀며 공중으로 올라가고, 바구니는 땅바닥에 간신히 붙었어.

오즈가 바구니에 올라타서 모든 백성에게 소리쳤어.

"나는 형제를 만나러 떠난다. 내가 없는 동안 너희는 허수아비가 통치한다. 그러니 너희는 나한테 그런 것처럼 허수아비한테 복종하라."

이제 기구는 땅바닥에 맨 밧줄을 팽팽하게 당겼어. 기구 안에서 공기가 뜨겁게 달아올라 차가운 바깥쪽 공기보다 훨씬 가벼운 나머지, 하늘로 올라가려고 힘껏 잡아당겼기 때문이야. 그래서 마법사가 소리쳤어.

"어서 와, 도로시! 빨리. 기구가 날아오를 거야."

"토토가 안 보여요."

도로시가 대답했어. 조그만 강아지를 남겨두고 떠날 순 없었거든. 토토는 새끼 고양이를 쫓으려고 인파 사이로 달려갔으나, 마침내 도로시는 토토를 찾아 가슴에 껴안고 기구를 향해 달렸어.

이제 도로시는 몇 걸음만 더 가면 되고 오즈는 바구니 안으로 끌어당기려고 두 팔을 쭉 내미는데, 우지끈 뚝! 하며 밧줄이 끊어지고 기구는 공중으로 그냥 올라갔어. 도로시는 열심히 소리쳤지.

"돌아와요! 나도 가고 싶어요!"

"이제 돌아갈 수 없단다, 얘야. 잘 있으렴!"

오즈가 바구니에서 소리치자, 모든 백성이 "잘 가세요!" 소리치며 고개를 들어서 올려다보고, 마법사가 올라탄 바구니는 하늘로 마냥 올라갔어.

백성이 위대한 마법사 오즈를 본 건 그게 마지막이야. 하지만 오즈는 오마하에 무사히 도착해서 즐겁게 살아갈 게 분명하고, 모든 백성은 오즈를 좋게 기억하며 말했어.

"오즈님은 늘 우리 친구였어. 여기에 오시자마자 우리를 위해 이렇게 아름다운 에메랄드 도시를 지어주시더니, 이젠 허수아비님한테 우리를 맡기신 채 멀리 떠나셨어."

이들은 놀라운 마법사가 떠난 걸 지금도 슬퍼하는데, 그 무엇도 이들을 위로할 수 없었어.

18. 남쪽 나라로

도로시는 캔자스 집으로 돌아가려는 희망이 사라지자 구슬프게 울었어. 하지만 다시 곰곰이 생각하니, 기구를 타고 하늘로 멀리 올라가지 않은 게 오히려 기뻤어. 물론 오즈가 떠난 건 슬펐어, 그건 세 친구도 마찬가지고. 양철 나무꾼이 도로시에게 다가가서 말했거든.

"사랑스러운 심장을 준 인물이 떠난 걸 아쉬워하지 않는다면 나는 은혜를 모르는 사람이겠지. 오즈가 떠난 걸 슬퍼하며 살짝 울고 싶어, 네가 눈물을 친절하게 닦아준다면, 녹이 안 슬도록."

"기꺼이 그럴게."

도로시는 대뜸 대답하고 당장 수건을 가져왔어. 그러자 양철 나무꾼은 몇 분 동안 흐느끼고, 도로시는 눈물이 나오는 걸 가만히 살피다 수건으로 재빨리 닦아주었어. 이윽고 나무꾼은 눈물을 그치고 도로시에게 고마워하더니, 보석으로 장식한 통을 꺼내서 관절마다 기름을 완벽하게 발랐어, 굳지 않도록.

허수아비는 이제 에메랄드 도시를 통치하니, 마법사가 아닌데도 모든 백성이 자랑스럽게 여겼어. "왜냐하면, 허수아비가 통치하는 나라는 온 세상을 뒤져도 여기밖에 없기 때문"이라면서. 백성들 생각에 정말 맞는 말이거든.

기구가 오즈를 태우고 멀리 날아간 다음, 네 친구는 아침에 알현실에 모여서 다양한 문제를 토론했어. 허수아비는 커다란 옥좌에 앉고 다른 세 명은 그 앞에 공손하게 서서. 제일 먼저 말한 건 새 통치자야.

"우리는 운이 없는 게 아니야. 궁전과 에메랄드 도시를 우리가 차지하고, 이제 무어든 우리 마음대로 할 수 있으니까. 불과 얼마 전까지 옥수수밭 장대에 묶여서 지냈는데 지금은 이렇게 아름다운 도시를 통치한다는 걸 떠올리면, 나는 너무나 커다란 행운이 정말 만족스러워."

양철 나무꾼도 말했어.

"나도 마찬가지야. 새 심장이 너무나 마음에 들거든. 내가 세상에서 바라던 소망은 이게 전부였어."

사자는 겸손하게 말했어.

"지금까지 살아온 모든 맹수보다 용감한 건 아닐지언정 이제 나도 충분히 용감하니, 정말 만족스러워."

그러자 허수아비가 말했어.

"도로시만 에메랄드 도시에 사는 걸 만족한다면 우리 모두 행복할 거야."

하지만 도로시는 울면서 소리쳤어.

"하지만 나는 여기에 살고 싶지 않아. 캔자스로 돌아가서 엠 숙모랑 헨리 삼촌이랑 살고 싶다고."

"으음, 그렇다면 어떻게 해야 할까?"

나무꾼이 묻자, 허수아비는 생각하기로 마음먹고, 너무 열심히 생각하느라 핀과 바늘이 두뇌에서 툭툭 삐져나오더니, 마침내 말했어.

"날개 달린 원숭이를 불러서 사막 너머로 데려다 달라고 하자!"

"그 생각을 미처 못했어! 바로 그거야. 당장 가서 황금 모자를 가져올게."

도로시가 기뻐하며 소리치곤 황금 모자를 알현실로 가져와서 주문을 읊조리자, 날개 달린 원숭이 무리가 열린 창문으로 곧장 날아들어 도로시 옆에 나란히 섰어. 우두머리 원숭이가 허리를 나지막이 숙여서 인사하며 물었지.

"우리를 두 번째로 부르셨습니다. 무슨 일을 시키시겠습니까?"

"나를 데리고 캔자스로 날아가."

도로시가 요구했어. 하지만 우두머리 원숭이는 고개를 절레절레 저으며 말했어.

"불가능합니다. 우리는 이 나라에 속해서 여길 떠날 수 없습니다. 날개 달린 원숭이는 지금까지 캔자스에 간 적이 없으며 앞으로도 없을 겁니다. 우리는 거기에 속하지 않으니까요. 우리가 할 수 있는 거라면 무슨 일이든 기꺼이 돕겠으나, 사막만큼은 결코 넘어갈 수 없습니다. 안녕히 계시길!"

우두머리 원숭이는 이렇게 말하고 허리를 숙여서 인사하더니 날개를 활짝 펴서 창문 밖으로 날아가고, 무리도 뒤쫓아 날아갔어.

도로시는 너무 실망해서 금방이라도 울 것 같은 표정으로 말했어.

"황금 모자 마법만 쓸데없이 낭비했어, 날개 달린 원숭이가 도와줄 수 없으니."

"너무 안타까워!"

심장이 부드러운 나무꾼이 말하고, 허수아비는 다시 곰곰이 생각하느라 머리가 끔찍하게 부풀어 올랐어. 저러다 터지지나 않을까 도로시가 걱정할 정도로. 그러더니, 허수아비가 말했지.

"녹색 수염 병사를 불러서 좋은 방법이 없는지 물어보자."

병사는 부름을 받고 잔뜩 겁먹은 표정으로 알현실에 들어섰어. 오즈가 사는 동안 문턱을 넘은 적이 한 번도 없었거든.

허수아비가 병사에게 물었어.

"여기에 있는 소녀는 사막을 넘길 바란다. 어떻게 하면 그럴 수 있겠느냐?"

병사가 대답했어.

"그건 저도 모릅니다. 지금까지 사막을 넘은 사람은 아무도 없으니까요, 오즈님 이전에는."

"나를 도울 사람이 아무도 없을까요?"

도로시가 간절하게 묻자, 병사가 불쑥 말했어.

"혹시 글린다라면……"

"글린다가 누구냐?"

허수아비가 묻자, 병사는 이렇게 대답했지.

"남쪽 나라 마녀요. 모든 마녀 가운데 마법이 가장 강력하며, 쿼들링을 통치합니다. 게다가 성이 사막 모서리에 걸쳤으니 그곳을 건널 방법을 알 수도 있습니다."

"글린다는 착한 마녀예요, 그죠?"

도로시가 묻자, 병사가 대답했어.

"쿼들링은 그렇게 생각하며, 글린다 역시 모든 이한테 친절합니다. 글린다는 대단히 아름다운 여성이라고 들었습니다, 나이가 정말 많은데도 젊은 모습을 유지한다고."

"글린다 성엔 어떻게 가나요?"

도로시가 다시 묻자, 병사도 대답했어.

"남쪽 나라로 곧장 가는 길이 있지만 온갖 위험이 가득하다고 들었습니다. 숲에는 맹수가 살고, 이상한 종족은 낯선 사람이 지나가는 걸 싫어합니다. 바로 그게, 지금까지 쿼들링이 에메랄드 도시로 한 번도 안 온 이유입니다."

병사는 밖으로 나가고, 허수아비는 이렇게 말했어.

"온갖 위험이 있어도 도로시한테 제일 좋은 방법은 남쪽 나라로 가서 글린다한테 도움을 청하는 것 같아. 여기에 가만히 있으면 도로시는 캔자스로 결코 못 돌아가."

"다시 곰곰이 생각했나 보구나."

양철 나무꾼이 말하자, 허수아비가 인정했어.

"맞아."

그러자 사자가 선언했어.

"나는 도로시랑 함께 가겠어. 도시 생활에 지쳐서 숲이 있는 시골로 가고 싶어. 너희도 알다시피 나는 맹수잖아. 누군가는 도로시를 곁에서 지켜줘야 하고."

나무꾼도 생각이 같았어.

"맞아. 나도 도끼로 도로시를 지켜줄 수 있으니까 남쪽 나라로 함께 가겠어."

"그럼 언제 출발할까?"

허수아비가 묻자, 친구들이 깜짝 놀라며 되물었어.

"너도 가게?"

"당연하지. 도로시가 아니면 나는 두뇌를 절대로 못 구했어. 옥수수밭 장대에서 내려주고 에메랄드 도시까지 데려온 게 바로 도로시라고 나한테 행운이 쏠린 건 모두 도로시 덕분이야. 도로시가 캔자스로 떠나기 전까진 그 곁을 절대로 안 떠나."

도로시는 정말 고마워하며 말했어.

"모두 고마워. 너희는 나한테 정말 친절해. 하지만 나로선 최대한 빨리 출발하고 싶은 마음뿐이야."

그러자 허수아비가 대답했어.

"그렇다면 내일 아침에 떠나자. 지금부터 준비하는 거야, 갈 길이 머니까."

19. 싸우는 나무가 공격하다

　다음 날 아침에 도로시는 예쁜 녹색 여자애에게 작별 키스하고, 녹색 수염 병사는 성문까지 배웅해서 일일이 악수했어. 수문장은 일행을 보더니, 아름다운 도시를 벗어나 험지로 또 떠나는 게 걱정스러웠어. 하지만 안경 자물쇠를 곧장 풀어서 커다란 녹색 상자에 넣고, 먼 길을 떠나는 일행에게 행운만 가득하길 기원했지. 그리고 허수아비에게 당부했어.

"당신은 우리 지도자니 최대한 빨리 돌아오셔야 합니다."

허수아비도 대답했어.

"최대한 빨리 돌아오려고 애쓰겠지만, 그 전에 도로시부터 집으로 돌려보내야 하오."

도로시도 마음이 착한 수문장에게 마지막 작별인사로 말했어.

"당신네 아름다운 도시는 지금껏 나한테 다정했어요. 모든 사람이 친절해서 얼마나 고마운지 모르겠어요."

"그런 말 마세요, 아가씨. 우리 모두 아가씨가 여기에 살면 좋겠지만, 그래도 굳이 캔자스로 돌아가겠다니, 나로선 아가씨가 무사히 돌아가기만 바랄 뿐입니다."

수문장이 바깥쪽 성문을 활짝 열어, 친구들은 모두 앞으로 걸어서 먼 길에 나섰어.

햇살은 환하게 반짝이고 우리 친구들은 남쪽 나라로 방향을 잡았어. 기운이 넘쳐서 다들 신나게 떠들며 웃어댔지. 도로시는 고향으로 돌아갈 수 있겠다는 희망에 다시 부풀고, 허수아비랑 양철 나무꾼은 도로시를 도울 수 있어서 기뻤어. 사자는 바깥으로 나와서 신선한 공기를 마음껏 들이켜는 게 너무 기뻐서 꼬리를 이리저리 흔들어대고, 토토는 이리저리 뛰어다니다 나방과 나비를 쫓아가며 흥겹게 짖어댔어.

일행이 바삐 걷는 가운데 사자가 말했어.

"도시 생활은 나한테 안 맞아. 거기에 살면서 살이 쭉 빠졌어. 다른 맹수를 찾아가서 내가 얼마나 용감한지 보여주고 싶은 마음만 굴뚝같아."

친구들은 돌아서서 에메랄드 도시를 마지막으로 쳐다보았어. 눈에 보이는 거라곤 녹색 성벽 너머로 높이 올라온 건물과 첨탑이 전부인데, 그중에서도 제일 높은 건 오즈 궁전 첨탑과 둥근 지붕이야.

양철 나무꾼은 걸을 때마다 가슴에서 덜렁대는 심장을 느끼며 말했어.

"오즈는 실력 없는 마법사가 아니었어."

허수아비도 말했어.

"오즈는 나한테 두뇌를, 그것도 제일 좋은 두뇌를 심어주는 법을 알았어."

사자도 말했어.

"오즈도 나한테 용기를 심어준 물약을 먹었다면, 지금쯤 아주 용감한 사람이 되었을 거야."

하지만 도로시는 아무 말도 안 했어. 오즈는 자신에게 한 약속을 못 지켰지만, 도로시는 기꺼이 용서했어. 최선을 다한 걸 알거든. 오즈는 자기 입으로 말한 것처럼 좋은 사람이었어. 마법사로는 정말 나빴지만.

먼 길을 떠난 첫날엔 에메랄드 도시에서 사방으로 뻗어 나간 녹색 들판과 화사한 꽃밭을 걸었어. 밤에는 풀밭에서 잠자는데, 보이는 거라곤 하늘에 가득한 별뿐이라서 모두 잘 쉬었어.

아침이 밝아오자 친구들은 열심히 걸었어. 그러다 보니 울창한 숲이 나오는데, 옆으로 돌아갈 길은 어디에도 없었어. 왼쪽이든 오른쪽이든 끝없이 뻗어 나간 것처럼 보이는 데다 행여나 길을 잃을까 두려워서 방향을 바꿀 수도 없었거든. 그래서 친구들은 숲으로 제일 쉽게 들어갈 지점을 이리저리 찾아보았어.

허수아비는 제일 앞에서 걷다가 커다란 나무를 살피니, 나뭇가지를 활짝 뻗은 밑으로 충분히 지나갈 것 같았어. 그래서 그쪽으로 걸어갔지만, 첫 번째 나뭇가지 밑으로 들어서는 순간에 여기저기서 나뭇가지가 굽으면서 온몸을 휘감다 곧바로 들어 올려 친구들이 있는 곳으로 거꾸

로 내동댕이쳤어.

허수아비는 조금도 안 다쳤지만 깜짝 놀랐어. 도로시가 일으켜줄 때는 머리도 어찔어찔하고.

"이쪽 나무 사이에 틈새가 있어."

사자가 소리치자, 허수아비가 말했어.

"내가 먼저 들어갈게, 나는 아무리 내동댕이쳐도 안 다치니까."

그러더니 그쪽으로 뚜벅뚜벅 걸어가자, 이번에도 나뭇가지가 곧장 휘감아서 내동댕이쳤어.

"정말 이상해. 이제 어떻게 하지?"

도로시가 묻자, 사자가 대답했어.

"저 나무들이 우리랑 싸워서 길을 막기로 마음먹은 것 같아."

"내가 해결할 수 있을 거야."

나무꾼이 말하고 도끼를 어깨에 걸치더니, 허수아비를 무자비하게 내동댕이친 첫 번째 나무로 용감하게 다가갔어. 그래서 커다란 나뭇가지가 휘감으려고 다가오는 순간, 도끼를 재빨리 휘둘러서 두 동강으로 잘랐어. 그러자 나무는 엄청난 고통에 휩싸인 듯 나뭇가지 전체를 덜덜 떨고, 양철 나무꾼은 그 밑으로 무사히 지나서 친구들에게 소리쳤어.

"어서 와! 빨리!"

친구들은 열심히 달려서 나뭇가지 밑을 무사히 지났는데, 토토만 예외였어. 조그만 나뭇가지가 붙잡아서 토토가 울부짖을 때까지 열심히 흔들었거든. 하지만 나무꾼이 나뭇가지를 단번에 잘라서 토토를 구해주었어.

숲속에 들어가니 다른 나무는 아무도 길을 안 막는 걸 보고, 친구들은 제일 앞에 쭉 늘어선 나무만 나뭇가지를 굽힐 수 있다고, 숲을

지키는 경찰관이 분명하다고, 놀라운 힘으로 낯선 사람을 막아서 숲을 지키려는 거라고 판단했어.

네 친구는 나무 사이를 편하게 걷다, 마침내 숲이 끝나는 지점에 도달했어. 그런데 놀랍게도 하얀 도자기로 만든 것처럼 보이는 담장이 앞을 가로막은 거야. 도자기 접시처럼 매끈한 담장이 키보다 높이 올라갔거든.

"어떻게 하지?"

도로시가 묻자, 양철 나무꾼이 대답했어.

"내가 사다리를 만들겠어. 저 담장을 넘어야 할 테니까."

20. 예쁜 도자기 나라

나무꾼이 숲에서 나무를 찾아 사다리를 만드는 동안, 도로시는 바닥에 누워서 잠잤어, 계속 걷느라 피곤했거든. 사자도 바닥에 엎드려서 잠자고, 토토는 그 옆에 엎드렸어.

허수아비는 나무꾼이 일하는 모습을 지켜보다 말했어.

"여기에 이런 벽이 왜 있는지도 모르겠고 무엇으로 만들었는지도 모르겠어."

"두뇌를 편히 쉬게 해, 담장 걱정은 하지 말고. 저 위로 올라가면 건너편에 뭐가 있는지 다 보일 테니까."

시간이 꽤 걸린 다음에 사다리가 생겨났어. 어설프게 보이긴 해도 양철 나무꾼은 꽤 튼튼하다고, 아무 문제 없을 거라고 장담했어. 그래서 허수아비는 도로시랑 사자랑 토토를 깨워서 사다리를 다 만들었다고 말했어. 그리고 나서 허수아비가 제일 먼저 올라가는데 너무 서툴러,

도로시가 뒤에서 바싹 쫓아가며 안 떨어지게 잡아주었어. 그래서 담장 꼭대기 너머로 머리를 내미는 순간, 허수아비가 깜짝 놀랐어.

"맙소사!"

"계속 올라가."

도로시가 소리치더니, 허수아비가 더 올라가서 담장 꼭대기에 앉자, 도로시도 머리를 내미는 순간에 허수아비가 그런 만큼이나 깜짝 놀랐어.

"맙소사!"

이번에는 토토가 올라와서 멍멍 짖어댔지만, 도로시가 조용히 시켰어.

사자는 그다음에 오르고 양철 나무꾼은 마지막으로 올랐지만, 담장 너머를 쳐다보는 순간에 "맙소사!"라며 깜짝 놀란 건 똑같아. 이윽고 친구들은 담장 꼭대기에 나란히 앉아서 너무나 괴상한 광경을 내려다보았어.

눈앞에 이상한 나라가 펼쳐졌어. 바닥은 커다란 접시 바닥처럼 하얗고 매끈하게 반짝이고, 건물은 곳곳에 흩어졌는데 하나같이 도자기로 만들어서 색상을 화사하게 입혔어. 그런데 건물이 정말로 조그매. 제일 커다란 게 도로시 허리춤에 올라올 정도로. 옆에는 조그만 헛간을 하나씩 아름답게 세우고, 주변엔 도자기 울타리를 둘러쳤어. 젖소도 양도 말도 돼지도 닭도 무리를 이루는데, 하나같이 도자기로 만든 거야.

무엇보다 이상한 건 이 나라에 사는 사람들이야. 젖 짜는 아가씨도 여럿이고 양치는 아가씨도 여럿인데, 상의는 하나같이 화사하고 치마는 황금빛 방울 무늬가 가득해. 공주도 여럿인데 은색과 황금색과 보라색이 우아한 드레스를 입고, 목동도 여럿인데 분홍과 노랑과 파랑 줄무

늬가 밑으로 쭉쭉 내려간 반바지 차림에 신발은 하나같이 황금빛 죔쇠
가 달리고, 왕자도 여럿인데 머리에는 보석으로 만든 왕관을, 몸에는
담비 모피랑 공단으로 만든 복장을 날씬하게 차려입고, 우스꽝스럽게
생긴 광대도 여럿인데 펑퍼짐한 의상에다 양쪽 볼엔 빨간 점을 동그랗
게 찍고 머리엔 높다랗고 뾰족한 모자를 썼어. 하지만 특히 이상한
건 사람도 옷도 모두 도자기라는 사실이야. 키도 정말 작아, 제일 큰
사람이 도로시 무릎 높이도 안 돼.

처음엔 네 친구를 누구도 못 보았어. 보라색 도자기로 만들어 몸뚱
이는 작아도 머리는 특이하게 커다란 강아지 한 마리만 담장으로 달려
와서 조그만 목소리로 열심히 짖어대다 도망친 게 전부야.

"어떻게 내려가지?"

도로시가 물었어. 하지만 사다리가 무거워서 끌어올릴 수 없다는
사실을 확인하자, 허수아비가 풀쩍 뛰어내리고 다른 친구들은 그 몸뚱
이로 뛰어내려서 딱딱한 바닥에 다리가 안 삐게 했어. 물론 허수아비
머리로 떨어져서 발바닥에 바늘이 박히지 않도록 조심했지. 모두 무사
히 내려오자, 친구들은 허수아비를 일으키는데, 몸뚱이가 납작하게
찌부러져서 지푸라기를 톡톡 치는 식으로
예전 모습을 찾아주었어.

"건너편으로 가려면 여길 지나야 해. 남
쪽으로 똑바로 가는 길을 포기하고 방향
을 바꾸는 건 바람직하지 않아."

도로시가 말했어. 그래서 친구들은 도자
기 사람들이 사는 나라를 곧장 걸어가다,
도자기 아가씨가 도자기 젖소에게 젖 짜는
곳으로 다가갔어. 친구들이 다가오자, 젖

소가 갑자기 발길질해서 걸상이랑 우유 통은 물론 아가씨까지 내차, 모두 도자기 바닥에 우당탕 쓰러졌어.

도로시가 깜짝 놀라는 가운데 젖소는 발 한 짝이 부러지고, 우유 통은 여러 조각으로 깨져서 나뒹굴고, 불쌍한 아가씨는 왼쪽 팔꿈치에 금이 갔어. 그래서 잔뜩 화내며 소리쳤지.

"여봐요! 당신네가 무슨 짓을 했는지 보라고요! 젖소는 다리 한 짝이 부러져서 공방으로 데려가 풀로 붙여야 한다고요. 뭣 때문에 여기까지 와서 젖소를 겁주는 거예요?"

"정말 미안해요. 용서하세요."

도로시가 사정했어.

하지만 예쁜 아가씨는 너무 화나서 아무런 대답도 안 한 채 부루퉁한 표정으로 다리 하나를 들고 젖소를 데려가는데, 젖소가 세 발로 쩔뚝거리는 모습이 참 불쌍했어. 젖 짜던 아가씨는 금 간 팔꿈치를 옆구리에 바싹 붙인 채 낯선 침입자를 나무라는 표정으로 계속 돌아보고.

도로시는 이런 사태가 벌어진 걸 참으로 안타까워하고, 마음이 다정한 나무꾼은 이렇게 말했어.

"앞으로 조심해야겠어. 그렇지 않으면 아름답고 조그만 사람들이 다쳐서 평생 고생할 거야."

도로시는 조금 더 가다 옷차림이 아름다운 공주랑 마주쳤는데, 낯선 침입자를 보는 순간, 공주가 우뚝 멈추더니 재빨리 도망치는 거야.

도로시는 공주랑 얘기하고 싶어서 뒤를 쫓아갔어. 도자기 공주는 열심히 소리치고.

"쫓아오지 마세요! 쫓아오지 마세요!"

조그만 목소리가 잔뜩 겁에 질린 나머지, 도로시는 걸음을 멈추고 물었어.

"왜요?"

공주는 안전한 거리를 유지하며 멈춰서 대답했어.

"내가 달리다 넘어지면 몸이 부러지니까요."

"그럼 고칠 수 없나요?"

"고칠 수야 있지만, 예전처럼 예쁘지 않잖아요."

공주 말에 도로시가 대답했어.

"그렇군요."

"저기에 조커가 오네요, 우리 광대. 늘 물구나무서
는 걸 좋아하지요. 몸뚱이를 자주 부러뜨려서 안 고친 데가 없어, 예전
처럼 예쁘지도 않고요. 이제 다 왔으니 아가씨 눈으로 직접 보세요."

실제로 쾌활하고 조그만 광대가 다가오는데, 빨갛고 노랗고 파란
의상이 아름답긴 해도 온몸에 금이 쫙쫙 나서 사방으로 뻗어 나가,
수없이 고쳤다는 사실을 그대로 드러냈어.

광대는 두 손을 주머니에 넣고 두 볼을 잔뜩 부풀린 채 낯선 일행에
게 고개를 건방지게 까닥이며 인사하더니 이렇게 읊조렸어.

> "아름다운 아가씨,
> 불쌍한 조커를 왜
> 물끄러미 보시나요?
> 아가씨는 뻣뻣하게
> 새침 떠는 게
> 포커[2]라도 먹은 것 같네요!"

공주가 말했어.

---

2) 'Joker'에 상응하는 말로 poker를 사용했다. '쇠로 만든 부지깽이'를 먹으면 몸이
정말 뻣뻣할 수밖에 없을 것 같다.

"조용히 하세요, 아저씨! 낯선 사람이 왔는데도 예의를 갖춰야 한다는 걸 모르겠어요?"

"맙소사, 나는 그러는 게 예의라고요."

광대가 대꾸하더니 곧바로 물구나무섰어. 그러자 공주가 도로시에게 말했지.

"조커는 신경 쓰지 마세요. 머리에 금이 심하게 가서 늘 멍청하게 군답니다."

"네, 별로 신경 안 써요."

도로시가 대답하고는 이렇게 덧붙였어.

"당신은 정말 예쁘네요. 내가 극진하게 사랑할 수 있을 것 같아요. 캔자스로 데려가서 엠 숙모 벽난로 선반에 세워놓으면 안 될까요? 바구니에 넣으면 되거든요."

그러자 도자기 공주가 대답했어.

"그럼 나는 슬플 거예요. 당신도 보다시피, 우리나라에선 마음대로 돌아다니고 말도 하면서 행복하게 살아요. 하지만 여기를 벗어나는 순간에 관절이 뻣뻣하게 굳어, 똑바로 서서 예쁘게만 보여야 해요. 벽난로 선반이나 옷장이나 화장대에 올려놓으면 당연히 그래야 하겠지만, 우리는 우리나라에서 사는 게 훨씬 즐겁고 행복해요."

"그렇다면 당신을 절대로 슬프게 안 하겠어요! 작별인사나 해야겠어요."

도로시가 말하자, 공주도 인사했어.

"네, 잘 가세요."

네 친구는 도자기 나라를 조심스럽게 걸었어. 조그만 동물과 사람 모두 낯선 사람들이 부러뜨릴까 두려워서 황급히 자리를 피해, 한 시간 정도 걸으니까 나라가 끝나면서 또 다른 도자기 담장이 나타났어.

하지만 처음에 만난 담장만큼 높지 않아. 사자 등에 올라서 꼭대기로 간신히 기어올랐어. 사자는 다리를 잔뜩 오므리다 담장 위로 훌쩍 뛰어오르는데, 펄쩍 뛸 때 꼬리가 조그만 도자기 교회를 때려서 산산이 부서뜨린 거야. 그러자 도로시가 말했지.

"정말 안타깝지만, 젖소 다리랑 교회를 깨뜨린 이상으로 조그만 도자기 사람들한테 피해를 안 줘서 다행이야. 하나같이 가볍게 부서지니!"

허수아비도 말했어.

"정말이야. 나는 지푸라기라서 조금도 안 다치는 게 정말 고마워. 세상에는 허수아비로 살아가는 것보다 나쁜 게 참 많아."

21. 사자, 맹수의 왕이 되다

　도자기 담장을 내려오자, 마음에 정말 안 드는 지역이 네 친구 앞에 나타났어. 수렁과 늪지가 가득하고 갈대가 무성하거든. 발을 내디디면 진흙탕에 빠지기 일쑤야. 갈대가 너무 높이 자라서 앞이 안 보였거든. 네 친구는 발을 조심스레 내디디며 계속 걸어서 마침내 단단한 땅으로 나왔어. 지역 전체가 정말 거칠어, 덤불 사이를 오랫동안 힘겹게 걷다 보니 숲이 나타나는데, 나무 하나하나가 여느 숲보다 오랫동안 커다랗게 자란 거야. 사자는 한껏 신나서 주변을 둘러보다 장담했어.

　"숲이 정말로 아름다워. 이렇게 완벽하게 아름다운 숲은 생전 처음 봐."

　"내 눈엔 음산하게 보여."

　허수아비가 말하자, 사자가 반박했어.

　"전혀 그렇지 않아. 여기에서 평생 살고 싶을 정도니까. 발밑에 밟히

는 낙엽은 얼마나 부드럽고 오
랫동안 자란 나무엔 이끼가 얼
마나 풍성하게 달라붙었는
지 보라고. 맹수한테는 여
기보다 살기 좋은
곳이 없겠어."

"지금도 저 숲에는 맹수가 많이 살 거야."

도로시가 말하자, 사자가 대답했어.

"당연히 그렇겠지. 하지만 당장은 아무도 안 보이
는군."

일행은 숲으로 들어가서 한참 걷는데, 너무 어두워
서 더는 못 갈 것 같았어. 도로시와 토토와 사자는 바닥
에 누워서 잠자고, 나무꾼과 허수아비는 평소처럼 친구
들을 지켰지.

아침이 밝아오자 친구들은 다시 출발했어. 그런데 얼마 안 가서
수많은 짐승이 나지막이 으르렁대는 소리가 들리는 거야. 토토는 살짝
낑낑댔지만, 다른 친구들은 누구도 겁먹지 않아 발길이 숱하게 난 오솔
길을 따라 계속 걷다 보니, 숲속에 공터가 있는데 온갖 짐승이 수백
마리는 모인 거야. 호랑이랑 코끼리랑 곰이랑 늑대랑 여우를 비롯해
모든 짐승이 다 모여 도로시는 순간적으로 겁먹었어. 하지만 사자는
짐승들이 회의하는 거라고, 으르렁대는 소리로 판단하건대 엄청난 위
험에 부닥친 게 분명하다고 설명했지.

사자가 말하는 걸 짐승 몇 마리가 보더니, 순식간에 수많은 짐승이
마법처럼 조용히 변했어. 제일 커다란 호랑이 한 마리가 사자에게 다가
와서 허리를 숙이며 말했지.

"어서 오세요, 맹수의 왕이시여! 꼭 필요한 순간에 오셨으니, 우리 적을 무찔러서 모든 동물이 예전처럼 평화롭게 살도록 도와주십시오."

"어떤 문제가 생겼나?"

사자가 나지막이 묻자, 호랑이가 대답했어.

"최근에 무서운 적이 숲에 나타나서 우리 모두 위험한 상태입니다. 거미처럼 생긴 거대한 괴물로, 몸통은 코끼리만큼 커다랗고 다리는 나뭇등걸처럼 기다란데 모두 여덟 개나 됩니다. 그래서 숲을 이리저리 기어 다니다 기다란 다리로 동물을 낚아채, 거미가 파리를 입에 넣듯 단숨에 먹어치웁니다. 이렇게 무서운 괴물이 있는 한 우리 누구도 안전하지 않아, 이렇게 모여서 우리 몸뚱이를 어떻게 지킬지 토론하는데, 사자님께서 나타나신 겁니다."

사자는 잠시 생각하다 불쑥 물었어.

"이 숲에 다른 사자가 있나?"

"없습니다. 몇 마리 있었는데 괴물이 모두 잡아먹었습니다. 게다가 당신처럼 커다랗고 용감한 사자는 한 마리도 없었습니다."

"내가 너희 적을 끝장낸다면, 너희 모두 나한테 허리를 숙이고 '숲의 왕'으로 섬기겠는가?"

사자가 묻자, 호랑이가 대답했어.

"기꺼이 그러겠습니다!"

다른 짐승도 모두 소리쳤어.

"우리도 그러겠습니다!"

"거대한 거미 괴물은 지금 어디에 있느냐?"

사자가 묻자, 호랑이는 앞발로 가리키며 대답했어.

"저쪽, 밤나무 사이에 있습니다."

"그렇다면 내 친구들을 잘 보살피거라. 내가 당장 가서 괴물을 죽이겠다."

사자가 말하더니, 친구들이랑 작별하고 적과 싸우러 용감하고 당당하게 걸어갔어.

사자가 찾아가니, 거대한 거미는 곤하게 자는데, 그 모습이 너무 흉측하고 역겨워서 사자는 코를 찡그렸어. 다리는 호랑이 말대로 정말 기다랗고, 몸통은 거칠고 새까만 털에 뒤덮였어. 입은 정말 커다랗고 날카롭게 쭉 늘어선 이빨은 길이가 30㎝나 되지만, 머리랑 통통한 몸통을 연결한 목은 말벌 허리처럼 가늘어. 사자는 괴물을 공격할 약점을 단번에 알아챈 데다 깨어있을 때보다 잠잘 때 공격하는 게 쉽다는 걸 아는 터라 펄쩍 뛰어올라서 괴물 등에 올라탔어. 그리곤 발톱이 날카로운 앞발로 힘껏 내려쳐서 거미 목을 댕강 잘라냈어. 그런 다음 훌쩍 뛰어내려 가만히 지켜보니 기다란 다리가 꿈틀대다 축 늘어지는 거야. 괴물이 완전히 죽은 거지.

사자는 모든 짐승이 기다리는 공터로 돌아가서 자랑스레 선언했어.

"이제 너희 적은 완전히 죽었다."

그러자 온갖 짐승이 왕으로 모시며 절하고, 사자는 도로시를 캔자스로 무사히 돌려보내는 즉시 돌아와서 모든 짐승을 다스리겠다고 약속했어.

22. 퀴들링 나라

　네 친구는 남은 숲도 무사히 지나서 어두운 곳을 벗어나니 가파른 언덕이 나타나는데 바닥부터 꼭대기까지 커다란 바위로 가득했어.

　"오르기 어렵겠지만 우리는 저 언덕을 지나야 해."

　허수아비가 말하곤 앞장서고 나머지는 쫓아갔어. 그래서 첫 번째 바위에 도달할 즈음, 거친 목소리가 소리치는 거야.

　"물러나라!"

　"누구냐?"

　허수아비가 묻자, 바위 뒤에서 머리 하나가 불쑥 나와 똑같은 목소리로 소리쳤어.

　"이 언덕은 우리 것이라 누구도 지날 수 없다."

　"하지만 우리는 저 언덕을 넘어야 한다. 우리는 퀴들링 나라로 가는 중이다."

허수아비가 말하자, 목소리가 대답했어.

"절대 그럴 수 없다!"

그리곤 바위 뒤에서 나오는데, 그렇게 이상한 사람은 네 친구 누구도 본 적이 없어.

키는 아주 조그맣고 몸집은 단단한데 머리는 정말 크고 정수리는 평평하고 그걸 받치는 목은 두꺼운데 주름살이 가득했어. 하지만 팔이 하나도 없어, 허수아비는 언덕을 올라도 상대가 막을 방법은 없겠다는 생각으로 말했어.

"미안하지만 우리는 당신 뜻대로 할 수 없으니, 당신이 좋아하든 싫어하든 지금 당장 저 언덕을 넘겠다."

그리곤 앞으로 대담하게 걸어가자, 사내 머리가 번개처럼 빠르게 날고 목은 쭉 뻗더니 평평한 정수리로 들이받아 허수아비는 그대로 나뒹굴며 언덕 아래로 데굴데굴 굴러갔어. 머리는 날아올 때처럼 빠르게 몸통으로 돌아가고, 사내는 거칠게 웃으며 소리쳤지.

"생각처럼 쉽지 않을 거다!"

다른 바위에서도 커다랗게 웃는 소리가 일제히 일어나더니, 언덕에서 바위마다 한 명씩 팔 없는 '해머 머리'가 수백 명이나 나타났어.

사자는 허수아비가 나뒹구는 걸 보고 터트리는 폭소에 잔뜩 화나서 천둥처럼 울리도록 울부짖으며 언덕으로 달려갔어.

머리는 이번에도 날아오고, 커다란 사자는 대포알에 맞은 듯 언덕 밑으로 데굴데굴 굴렀어.

도로시가 대뜸 달려가서 허수아비를 부축해 일으키니, 사자는 몸이 크게 멍든 걸 느끼며 옆으로 다가와서 말했어.

"머리를 쏘아대는 사람들과 싸우는 건 소용이 없겠어. 저런 공격은 누구도 못 견딘다고."

"그럼 어떻게 하지?"

도로시가 묻자, 양철 나무꾼이 제안했어.

"날개 달린 원숭이를 불러. 아직 한 번 남았잖아."

"맞아."

도로시는 황금 모자를 얼른 쓰고 주문을 읊조렸어. 원숭이들은 평소처럼 금방 몰려들어 도로시 옆에 쭉 늘어서고. 우두머리는 나지막이 허리 숙이며 물었지.

"명령하실 게 무언가요?"

"우리를 저 언덕 너머 퀴들링 나라로 데려다줘."

"네, 알겠습니다."

우두머리가 말하고, 날개 달린 원숭이들은 네 친구랑 토토를 즉시 들어 올려서 하늘을 날았어. 언덕을 넘어갈 때 '해머 머리'들이 화나서 고함을 질러대며 머리를 하늘 높이 쏘아댔으나 날개 달린 원숭이까지 닿진 않고, 도로시는 친구들과 함께 언덕을 무사히 넘어서 아름다운 퀴들링 나라로 내려왔어. 그러자 우두머리가 도로시에게 말했지.

"이게 우리를 마지막으로 부른 겁니다. 그러니 잘 계시길. 행운을 빕니다."

"정말 고마워, 잘 가."

도로시가 말하자, 원숭이 무리는 공중으로 날아올라 눈 깜짝할 사이에 사라졌어.

퀴들링 나라는 풍족하고 행복해 보였어. 쭉쭉 뻗어 나가는 밭에는 곡식이 무르익고, 그 사이로 포장한 도로는 쭉쭉 뻗어나고, 개울은 졸졸 흐르고, 튼튼한 다리는 그 위를 가로질렀어. 울타리와 주택과 다리는 모두 빨간색으로 칠하고, 윙키 나라는 노란색, 먼치킨 나라는 파란색으로 칠한 것처럼. 퀴들링은 키가 작고 뚱뚱해서 토실토실한 모습이 느긋해 보이고, 옷은 모두 빨간색이라서 노랗게 익는 곡식과 새파란 풀밭을 배경으로 화려하게 보였어.

원숭이 무리가 내려준 근처엔 농가가 한 채 있어, 네 친구는 그곳으로 다가가서 문을 두드렸어. 농부 아낙네가 문을 열더니, 도로시가 먹을 걸 부탁하자, 음식을 잔뜩 차려주는데 케이크가 세 종류, 쿠키가 네 종류, 토토는 우유가 한 접시였어.

"글린다 성까지 얼마나 먼가요?"

도로시가 묻자, 농부 아낙네가 대답했어.

"그리 멀지 않단다. 남쪽으로 난 길을 곧장 가면 금방 나올 거야."

도로시 일행은 착한 아낙네에게 고맙다고 인사한 다음, 길을 새롭게 떠나 밭 사이를 걷고 예쁜 다리도 건너니, 정말 아름다운 성이 눈앞에 나타났어. 젊은 아가씨 세 명이 빨간색 멋진 군복에 황금색 견장까지 달고 성문 앞을 지키다, 도로시가 다가오자, 한 명이 물었어.

"남쪽 나라에 무슨 일로 왔나요?"

"이곳을 다스리는 착한 마녀님을 만나러 왔어요. 저희를 그분한테 데려다줄 수 있나요?"

"먼저 여러분 이름을 말하면 내가 가서 글린다님한테 여러분을 만나

시겠느냐고 묻겠습니다."

　도로시 일행은 각자 이름을 말하고, 병사는 성으로 들어갔어. 잠시 뒤에 나오더니, 도로시를 비롯한 일행에게 글린다님이 당장 만나줄 거라고 말했지.

23. 착한 마녀, 도로시 소원을 들어주다.

　하지만 글린다를 만나러 가기 전에 도로시 일행은 성에 있는 방으로 안내받아, 도로시는 세수하고 머리도 빗고, 사자는 갈기에 가득한 먼지를 털어내고, 허수아비는 톡톡 쳐서 지푸라기를 부풀려 몸을 제일 보기 좋은 모습으로 꾸미고, 나무꾼은 양철에 광택을 내고 관절에 기름을 칠했어.

　그런대로 단정하게 꾸미고서 병사를 따라 커다란 방으로 들어서니, 마녀 글린다가 루비를 곳곳에 박은 옥좌에 앉아있었지.

　정말 젊고 아름다웠어. 머리칼은 새빨간 색상을 자랑하며 어깨로 곱슬곱슬 흘러내리고, 드레스는 순백색이나 두 눈은 파란색인데, 그 눈이 조그만 여자애를 다정하게 쳐다보았어.

　"얘야, 무슨 일로 찾아왔니?"

　글린다가 묻자, 도로시는 회오리바람에 휩쓸려서 오즈 나라로 어떻게 오고, 친구들은 어떻게 만나고, 지금까지 얼마나 대단한 모험을 겪었는지 모두 이야기했어. 그러면서 덧붙였어.

"이제는 캔자스로 돌아가고픈 마음만 간절해요. 엠 숙모는 나한테 끔찍한 일이 생겼다 생각하고 까만 옷을 입을 텐데, 농사가 작년보다 안 되면 헨리 삼촌은 장례 비용조차 마련할 수 없어요."

글린다는 몸을 앞으로 기울여서 사랑스러운 여자애가 귀엽게 추켜든 얼굴에 키스하며 말했어.

"마음이 아픈 사람한테 은총을. 캔자스로 돌아가는 방법을 내가 알려주지."

그러더니 이렇게 덧붙였어.

"하지만 그 대가로 나한테 황금 모자를 주어야 해."

도로시는 대뜸 승낙했어.

"기꺼이 드릴게요! 이제 나한테는 아무런 소용이 없는데, 마녀님은 날개 달린 원숭이를 세 차례 불러서 명령할 수 있으니까요."

"그래, 나도 그들한테 도움을 세 차례 받아야 할 것 같아."

글린다가 대답하며 빙그레 웃자, 도로시는 황금 모자를 건네고, 마녀는 허수아비에게 말했어.

"도로시가 떠나면 너는 어떻게 할 거니?"

"에메랄드 도시로 돌아갈 겁니다. 오즈님이 나를 그곳 지도자로 삼고, 그곳 사람들 역시 나를 좋아하거든요. 걱정거리가 있다면 '해머 머리'로 가득한 언덕을 어떻게 넘느냐는 겁니다."

허수아비가 대답하자, 글린다가 말했어.

"내가 황금 모자로 날개 달린 원숭이를 불러서 너를 에메랄드 도시 성문 앞에다 데려다 놓으라고 명령하겠다. 백성한테 훌륭한 지도자를 빼앗을 순 없으니까."

"제가 정말 훌륭한가요?"

허수아비는 대뜸 묻고, 글린다는 대답했어.

"너는 정말 독특하단다."

그러더니 이번에는 양철 나무꾼을 쳐다보며 물었어.

"도로시가 떠나면 너는 어떻게 할 거니?"

나무꾼은 도끼에 몸을 기댄 채 가만히 생각하다 대답했어.

"윙키는 친절하게 행동하다, 나쁜 마녀가 죽은 다음엔 나한테 자기네를 이끌어달라고 요청했습니다. 나도 윙키가 좋으니까 서쪽 나라로 돌아갈 수 있다면 그들을 영원히 이끌며 살고 싶습니다."

그러자 글린다가 말했어.

"내가 날개 달린 원숭이한테 두 번째로 내릴 명령은 너를 윙키 나라로 무사히 데려가는 것이다. 자네는 두뇌가 허수아비 것보다 크게 보이지는 않지만, 잘 닦는다면 훨씬 더 반짝거릴 테니, 앞으로 지혜롭고 현명하게 윙키를 이끌리라 믿는다."

그러더니 마녀는 털북숭이 커다란 사자를 쳐다보며 물었어.

"도로시가 고향으로 돌아가면 너는 앞으로 어떻게 할 거니?"

"'해머 머리'가 가득한 언덕 너머에 울창하고 멋진 숲이 있는데, 그곳 짐승들이 나를 왕으로 삼았습니다. 그 숲으로 돌아간다면 그곳에서 행복하게 살겠습니다."

사자가 대답하자, 글린다는 이렇게 말했어.

"내가 날개 달린 원숭이한테 세 번째로 내릴 명령은 너를 그 숲으로

데려가는 거다. 그래서 마법을 다 쓰면 황금 모자를 원숭이 우두머리한 테 돌려주어 앞으로 영원히 자유롭게 살도록 할 것이다."

허수아비와 양철 나무꾼과 사자는 착한 마녀가 더없이 착하다는 사실을 깨닫고 진심으로 고마워하는데, 도로시가 갑자기 끼어들었어.

"당신은 얼굴이 예쁜 만큼 마음도 착한 게 분명합니다! 하지만 캔자스로 돌아갈 방법은 여전히 안 알려주셨습니다."

그러자 글린다가 대답했어.

"발에 신은 은 구두가 너를 사막 너머로 데려다줄 거야. 신발에 담긴 힘을 알았다면 너는 이 나라로 온 그날에 엠 숙모한테 돌아갔을 거야."

허수아비가 대뜸 반발했어.

"하지만 그러면 나는 훌륭한 두뇌를 못 얻었을 겁니다. 옥수수밭에서 평생을 살면서요."

양철 나무꾼도 반발했어.

"그러면 나는 사랑스러운 심장을 못 얻었을 겁니다. 세상 끝 숲속에서 잔뜩 녹슨 상태로 지내면서요."

사자도 반발했어.

"그러면 나는 겁쟁이로 영원히 살았을 거고, 숲속에 있는 어떤 짐승도 나한테 좋은 말을 안 했을 겁니다."

도로시도 말했어.

"모두 사실이니, 내가 좋은 친구한테 쓸모가 있어서 정말 기쁩니다. 하지만 이제 오랜 소망을 모두 이룬 데다 각자 다스릴 나라까지 생겼으니, 나는 캔자스로 돌아가야겠습니다."

그러자 착한 마녀가 말했지.

"은 구두는 놀라운 힘이 많아. 그중에서 가장 신기한 힘은 세 걸음

만에 너를 세상 어디로든 데려다주고, 한 걸음 한 걸음은 눈 깜짝할 사이에 지나간다는 거야. 양쪽 뒤꿈치를 서로 세 번 부딪치면서 가고 싶은 곳으로 데려가라고 신발한테 명령하면 돼."

"그렇다면 당장 캔자스로 데려가라고 신발한테 부탁하겠어요."

도로시가 정말 좋아하며 말하더니, 두 팔로 사자 목을 껴안고 키스하며 커다란 머리를 다정하게 쓰다듬었어. 그런 다음엔 양철 나무꾼에게 키스하니, 양철 나무꾼은 엉엉 울어 관절이 금방이라도 녹슬 것 같았어. 허수아비 차례가 오자, 도로시는 물감으로 그린 얼굴에 키스하는 대신 지푸라기가 푹신한 몸통을 꼭 껴안는데, 사랑하는 친구들과 헤어져야 한다는 게 너무 슬퍼서 자신도 모르게 눈물이 펑펑 흐르는 거야.

착한 마녀 글린다는 루비 옥좌에서 내려와 조그만 여자애한테 작별 키스하고, 도로시는 자신과 친구들에게 잘 해주어서 정말 고맙다고 인사했어. 그러더니, 토토를 품에 꼭 껴안고 마지막으로 잘 있으라 인사하곤 신발 뒤꿈치를 세 번 부딪치며 말했어.

"엠 숙모가 계시는 집으로 데려다줘!"

그 즉시 빙글빙글 돌며 공중을 나는데 너무 빨라 도로시가 보거나 느낄 수 있는 건 두 귀를 휙휙 스치는 바람이 전부였어.

은 구두는 딱 세 걸음 걷다 갑작스레 멈추고, 도로시는 어딘지도 모른 채 풀밭을 뒹굴었어. 그러다 간신히 일어나 앉아서 주변을 둘러보는 순간, 감탄이 절로 나왔지.

"하느님 맙소사!"

드넓은 캔자스 대평원이 눈앞에 가득하고, 회오리바람이 휩쓸어간 자리에 헨리 삼촌이 농가를 새로 지은 게 보였거든. 헨리 삼촌은 헛간 앞마당에서 젖소 젖을 짜느라 바쁘고 토토는 벌써 펄쩍 뛰어내려 헛간으로 달리며 열심히 짖어댔어.

　도로시는 벌떡 일어나다, 발에 양말밖에 없다는 사실을 깨달았어.
은 구두가 하늘을 날다 사막에 떨어져서 영원히 사라진 거야.

24. 집으로

엠 숙모는 배추밭에 물을 주려고 막 나오다 도로시를 보고 열심히 달려오며 소리쳤어.

"우리 귀여운 조카!"

그러더니 조그만 여자애를 가슴에 꼭 껴안고 얼굴에 키스 세례를 퍼붓다 물었어.

"도대체 어디에 갔다 온 거니?"

"오즈 나라요. 토토도 같이 왔어요. 아, 엠 숙모! 집에 돌아와서 정말 기뻐요!"

도로시가 말하는데, 표정은 참 우울했어.

작품해설

　영국에서 '이상한 나라의 앨리스'가 나왔다면 미국에선 '오즈의 마법사'가 나왔다. 이 책은 판타지 동화지만 '이상한 나라의 앨리스'와 마찬가지로 당시 미국 상황을 풍자하며 인간에게 가장 소중한 건 무언지 말한다.

　미국은 당시에 금본위제를 채택하는데, 여기에서 나오는 문제점을 작가는 '오즈의 마법사'에서 다양하게 풍자한다. 오즈(Oz) 자체가 당시에 미국에서 금 무게를 잴 때 사용하는 도량형 단위 온스(ounce)에서 나오고(이상하단 의미의 'Odds' 발음을 그대로 땄다는 주장도 만만치 않다), 도로시는 친구들과 함께 에메랄드 도시를 찾아서 노란 벽돌길을 따라가는데, 이는 금괴로 만든 길, 즉 금본위제를 뜻한다. 에메랄드 도시는 미국 연방정부가 남북전쟁 중인 1862년에 발행한 지폐 그린백(greeenback)을 상징하면서, 동시에 미국 수도 워싱턴 D.C도 상징한다.

　프랭크 바움은 미국 뉴욕주 매디슨 카운티 시터냉고에서 1856년에 태어나, 잡지 편집자, 신문 기자, 배우, 외판원 등 다양한 직업에 종사하

206

며 수없이 좌절하지만, 아내는 끊임없이 격려하고, 바움은 자녀를 위해 밤마다 이야기를 꾸미고, 장모 마틸다 게이지는 글을 쓰라고 권유한다. 덕분에 동화 '오즈의 마법사'(The Wonderful Wizard of Oz)를 1900년에 발표해서 크게 성공하니, 1919년 사망할 때까지 총 14편으로 늘어난다. 하지만 작가가 사망한 이후에도 '오즈의 마법사'는 40편 넘게 이어질 정도로 사랑받고, 다양한 영화와 만화영화로 등장한다.

학자 중에는 프랭크가 페미니즘을 지지하여 진취적인 여성상을 등장시켰다고 해석하는 이가 많다. 힘들고 머나먼 여행길을 마다치 않고 친구들을 구하는, 적극적이고 긍정적인 인물로 도로시를 그린 게 좋은 증거라고 한다. 그런데 도로시는 고향집으로 돌아가는 게 소원이다. 전통적인 미국의 가치로 돌아가자는 것이다. 허수아비는 두뇌를 얻는 게 소원이다. 모든 점에서 탁월한 지혜를 발휘하면서도 끊임없이 착취당하는 농부를 상징한다. 양철 나무꾼은 심장을 얻는 게 소원이다. 철강공장에서 다람쥐 쳇바퀴 돌듯 일하느라 인간답게 사랑하는 모습을 잃어버린 노동자를 상징하는 거다. 겁쟁이 사자는 용기를 얻는 게 소원이다. 막강한 권력이 있으면서도 금융권 카르텔에 시달리는 민주당 대통령 후보를 풍자한다. 먼치킨과 윙키 등 조그만 인종은 노예처럼 살아가는 대도시 시민을, 동쪽 나라 나쁜 마녀는 월가 금융가를, 서쪽 나라 나쁜 마녀는 공화당 지도부를 상징한다. 하지만 남쪽 나라와 북쪽 나라엔 좋은 마녀가 있어서 세상은 그런대로 굴러간다.

재미있는 건 마법사 오즈다. 실제로는 마법사가 아니나, 모든 사람이 마법사길 강요하며 다양한 걸 요구하니, 그걸 들어주려면 사기꾼이 될 수밖에 없다. 뭐든 다 하겠다고 떠버리지만, 실제로는 하나도 못하는 정치인을 상징한다. 사람은 좋지만, 마법사로는 젬병인 거다.

마지막으로, '오즈의 마법사'란 표현이 유감스럽다. 원제는 'The

Wonderful Wizard of Oz'며 이는 '오즈라는 놀라운 마법사'란 뜻이
니, 우리 말로는 '놀라운 마법사 오즈' 혹은 '마법사 오즈'가 맞다.
하지만 실제로는 '오즈의 마법사'란 제목으로 불린다. 일본에서 자기
네 어법에 맞게 명명한 걸 우리가 그대로 받아들인 결과다. 하지만
'오즈의 마법사'는 우리말에선 '오즈에 사는 마법사'란 뜻일 수밖에
없으니, 원작을 왜곡한, 한마디로, '오즈의 마법사' 유감이 아닐 수
없다.